Die drei !!!

Mira Sol

Die drei !!!

Klappe und Action!

Kosmos

Umschlagillustration von Ina Biber, München
Umschlaggestaltung von Friedhelm Steinen-Broo, eSTUDIO CALAMAR

Weitere Bände dieser Reihe siehe S. 144

FSC www.fsc.org
MIX
Papier aus verantwortungsvollen Quellen
FSC® C014138

Gedruckt auf chlorfrei gebleichtem Papier

ISBN 978-3-440-13927-1

Redaktion: Natalie Friedrich
Produktion: DOPPELPUNKT, Stuttgart
Printed in the Czech Republic/Imprimé en République tchèque

Die drei !!!

Klappe und Action!

»Du hast ihn umgebracht!«

Kim spürte, wie heiße Wut in ihr aufstieg. Langsam, aber beständig wie glühende Lava, die sich unaufhaltsam die Hänge eines Vulkans hinabwälzt, breitete sich der Groll in ihr aus. Sie hörte das Blut in ihren Ohren rauschen und es gab nur noch einen einzigen Gedanken: RACHE! Hastig sah sie sich um. Ihr Blick fiel auf die Kommode. Etwas Rotes leuchtete zwischen dem Bücherstapel und der Keksschale hervor – das neue Rubberband-Armband! Augenblicklich schnellte Kims Hand nach vorne, knapp an Bens Schulter vorbei, der ihre Beine fest umschlungen hielt. Ihre Finger krallten sich um das elastische Armband. Mit der anderen Hand wühlte sie in ihrer Hosentasche, blickte einen Wimpernschlag lang zu ihrem Bruder hinab. Seine Brauen hatten sich gehoben, ein fragender Blick: Was hast du vor?!

Im selben Moment ertastete Kim etwas in der Tasche. Blitzschnell zog sie den Gegenstand hervor und legte das Gummiband darum.

Bens Augen weiteten sich.

Kim zielte, spannte das Gummi und ließ los. Sirrend schnellte das Geschoss Richtung Schreibtisch. Es fand mit einem satten KLONK sein Ziel: Einer kleinen Explosion gleich zerpulverte es an Lukas' Hinterkopf. Der Junge sprang wie von der Tarantel gestochen auf, presste die Hand auf die Stelle, an der er getroffen war, und begann zu schreien. Sein Ellbogen streifte die Computertastatur, die polternd zu Boden fiel.

Bens Griff lockerte sich. Er rappelte sich auf und eilte zu seinem Zwillingsbruder. »Du hast ihn umgebracht!«, rief er Kim zu. Er versuchte einen Blick auf Lukas' Kopf zu werfen. »Was war das? Eine Stahlkugel?!«

Kim zog eine teuflische Grimasse. »Ein Giftpfeil.«

Lukas riss entsetzt die Augen auf.

Diesen Moment der Verwirrung nutzte Kim aus. Sie warf sich nach vorne, drängte die Zwillinge beiseite und drückte den Knopf am PC. Der Monitor wurde schwarz.

Die Zwillinge machten frustrierte Gesichter. Lukas strubbelte sich durchs Haar. Eine kleine Wolke aus hellgrünem Staub stieg auf. Verwundert betrachtete er seine Hand. »Kein Blut.« Fast schien er enttäuscht zu sein. Lukas schnupperte und schüttelte verwundert den Kopf. Ein feiner süßlicher Duft breitete sich aus. Ausgerechnet ihre Lieblingssorte! Kim überlegte kurz: War ein zerschossenes Waldmeister-Brausestäbchen ein zu hoher Preis im Kampf um ihren Computer? Nein, entschied sie dann, der Einsatz hatte sich gelohnt! Sie hatte wieder einmal erfolgreich die Zwillinge abgewehrt und davon abgehalten, in ihrer Privatsphäre herumzuschnüffeln. Zwei gleiche braune Augenpaare starrten sie wütend an, zwei gleiche Stupsnasen krausten sich und aus zwei gleich geformten Mündern brach es zur selben Zeit hervor: »Fette Planschkuh!«

Kim blieb gelassen. »Lasst euch mal was Neues einfallen«, sagte sie ruhig und streifte das Armband über. »Und jetzt verschwindet endlich. Sonst packe ich wirklich meine Giftpfeile aus, ihr siamesischen Superhirnis.«

Ben streckte die Zunge raus, Lukas verdrehte die Augen und

machte mit der Hand eine Scheibenwischer-Geste vor seinem Gesicht. Aber dann drehten sich die beiden um und trollten sich tatsächlich zur Tür.

Dort stießen sie mit Kims Vater zusammen. Herr Jülich sah mit ernstem Gesicht in die Runde. »Was ist denn hier schon wieder los?«

Kim seufzte. »Die Zwillinge sind einfach hereingekommen und wollten an meinen Computer. Ich musste sie abwehren.« Sie hob die Tastatur vom Boden auf und untersuchte sie. Der Teppichboden hatte den Sturz abgefedert, das Gehäuse war zum Glück heil geblieben. Kim legte die Tastatur auf den Tisch zurück.

Ihr Vater machte ein ernstes Gesicht. »Lukas, Ben, ihr wisst genau, dass ihr in Kims Zimmer nichts zu suchen habt. Ihr habt doch eigene Computer!«

»Aber die sind so langsam«, sagte Lukas und seufzte.

»Sie reichen für euch vollkommen aus«, antwortete Herr Jülich kopfschüttelnd.

Lukas verschränkte die Arme vor der Brust. »Wir wollten dir nur helfen«, murrte er. »Aber die«, er wies mit dem Kinn auf Kim, »hat mir ein Loch in den Kopf geschossen!«

Sein Bruder nickte heftig. »Mit einer Zwille und einer Stahlkugel!«

Herr Jülich hob alarmiert die Augenbrauen. Er sah Kim fragend an, während er Lukas zu sich herzog. »Zeig mal!« Er untersuchte Lukas' Kopf. »Da ist nichts«, stellte er schon nach kurzer Zeit fest. »Aber du solltest dir mal wieder die Haare waschen. Da sind schon grüne Krümel drin!« Herr Jülich wischte sich die Hände an seiner Jeans ab.

Kim räusperte sich. »Es war ein Brausestäbchen«, sagte sie leise. »Ich war so wütend. Ich wusste nicht, wie ich mich sonst wehren sollte.«
Ihr Vater sah sie streng an. »Das hätte voll ins Auge gehen können! Versprich mir, dass du so was nie wieder machst!«
Kim wurde rot. Sie nickte schweigend.
Die Zwillinge grinsten schadenfroh.
»Und ihr beide«, sagte Kims Vater drohend, »lasst in Zukunft die Finger vom Computer eurer Schwester! Sonst weiß ich, wer hier mal zwei Wochen lang den Abwasch macht!«
Die Zwillinge zogen die Köpfe ein.
»Bei *was* wolltet ihr mir eigentlich helfen?«, fragte Herr Jülich.
Ben und Lukas sahen sich verschwörerisch an. »Das ist unser Geheimnis«, sagte Ben.
Lukas nickte heftig. »Es wird einschlagen wie eine Bombe! Du wirst dich vor Aufträgen kaum retten können.«
»Darum geht es also«, sagte Herr Jülich. Er schüttelte den Kopf. »Bitte keine Dummheiten, Jungs! Um mein Kuckucksuhren-Geschäft kann ich mich sehr gut alleine kümmern.«
Die Zwillinge sahen ihn beleidigt an und schwiegen.
»Und jetzt raus mit euch!«, rief Herr Jülich. »Pablo wartet unten an der Haustür, ihr wart heute noch nicht draußen mit ihm!«
Kim atmete auf, als sich die beiden Jungen zur Tür hinausgedrückt hatten und die Treppe runterdonnerten.
»Nehmt ihn bitte an die Leine!«, rief Herr Jülich den Jungs noch hinterher.
Unten bellte Pablo freudig auf. Der süße Cockerspaniel-

Mischling war sehr bewegungsfreudig. Er wartete bestimmt schon sehnsüchtig darauf, dass er endlich wieder rauskam. Seit einem Vorfall mit dem neuen Nachbarn durfte der Hund nämlich nicht mehr alleine in den Garten.
Kims Vater setzte sich aufs Bett. Er lächelte Kim an. »Du hast es nicht gerade leicht mit deinen Brüdern, was?«
»Manchmal ist es echt nervig«, gab sie zu. »Aber ich komm schon klar.« Sie setzte sich neben ihren Vater und sah ihn besorgt an. »Läuft es wirklich so schlecht mit deinen Uhren?«
»Im Moment habe ich keine Aufträge.« Herr Jülich strich sein T-Shirt glatt. »Aber das ist kein Anlass zur Sorge. Mama verdient genug für uns alle.«
Kim nickte langsam. »Ja, schon. Aber es ist doch schade, dass sich gerade keiner für deine Uhren interessiert.« Sie lächelte ihren Vater an. »Die sind nämlich toll!«
»Danke!« Herr Jülich zwinkerte. »Ich habe übrigens schon eine Idee, wie ich mein Geschäft ankurbeln kann.«
»Echt? Wie denn?«
»Ich habe mich mit einem Geschäftsmann unterhalten, der eine Uhr als Gastgeschenk für seine Reise nach China gekauft hat. Dort sind die Leute ganz wild auf Kuckucksuhren!« Herrn Jülichs Augen begannen zu leuchten. »Ich werde den chinesischen Markt erobern! Bei einer Bevölkerung von 1,3 Milliarden Menschen muss nur jeder tausendste Chinese eine Uhr kaufen – dann sind das 1,3 Millionen Kuckucksuhren!«
Kim musste lachen. »Das ist aber eine ziemlich große Menge. Die kannst du doch gar nicht alle selber bauen.«

Ihr Vater zuckte mit den Schultern. »Sie werden ja nicht alle auf einmal bestellt. Notfalls suche ich mir ein paar Mitarbeiter. Na ja, mal sehen.«

Im Flur ertönte ein Gong. Dann war vier Mal der Ruf eines Kuckucks zu hören. Kim sprang auf. »Papa, ich muss mich fertig machen! Ich bin mit Franzi und Marie verabredet.«

»Der Detektivclub ruft, nehme ich an?« Herr Jülich stand ebenfalls auf. »Ich sollte jetzt auch mal weitermachen.« Er zögerte. Dann sah er Kim ernst an. »Du weißt, dass ich dir vertraue. Aber bitte seid vorsichtig und bringt euch in keine gefährlichen Situationen!«

»Ja, klar!« Kim verdrehte die Augen. Es war mal wieder typisch, dass Erwachsene immer nur die Gefahren erwähnten und nie den Erfolg. Seit sie mit Franzi und Marie zusammen den Detektivclub *Die drei !!!* gegründet hatte, waren sie in über fünfzig Fällen Verbrechern auf der Spur gewesen. Dabei hatten sie jeden einzelnen Täter erwischt und dingfest gemacht! Kim war sehr stolz auf diese Leistung. Sie überlegte, ihren Vater darauf hinzuweisen, beschloss dann aber, die Diskussion sein zu lassen. Es hätte sie nur noch weitere Zeit gekostet. Sie musste dringend los, wenn sie rechtzeitig zu ihrer Verabredung kommen wollte.

Kim suchte hektisch in ihrem Rucksack nach dem Lipgloss. »Du brauchst dir übrigens keine Sorgen zu machen, wir haben keinen neuen Fall. Wir haben heute unseren Auftritt beim neuen Film von Maries Vater!« Sie fand das Döschen mit dem farbigen Gloss und trug etwas von der zartrosa Paste auf ihre Lippen auf.

Herr Jülich schlug sich mit der Hand vor die Stirn. »Richtig,

wie konnte ich das vergessen! Ich habe doch vorgestern erst die Einwilligungserklärung für die Filmgesellschaft unterschrieben.«
Er lächelte. »Finde ich toll, dass ihr in einer Szene mitspielen dürft! Bist du aufgeregt?«
Kim nickte. »Wenn ich daran denke, bekomme ich schon ganz weiche Knie. Es ist ja nicht das erste Mal, dass ich vor der Kamera stehe, aber jetzt hat uns Maries Vater Komparsenrollen besorgt. Dafür mussten wir sogar einen Text auswendig lernen!«
Kim schluckte. Sie war wirklich sehr aufgeregt. In den letzten zwei Wochen waren Marie, Franzi und sie bestimmt fünf Mal am Set gewesen und hatten bei den Filmaufnahmen zugesehen, um sich auf ihre Rollen einzustimmen. Heute waren sie endlich selbst dran!
Kim betrachtete kritisch ihre Haare im Spiegel über der Kommode. Sie hätte doch noch zum Friseur gehen sollen, ausgerechnet heute standen die Spitzen an den Seiten in alle Himmelsrichtungen ab. Sie seufzte. Jetzt war es zu spät. Sie griff nach der Tube mit Stylingcreme.
»Dann will ich dich mal nicht weiter stören«, sagte Herr Jülich lächelnd. »Viel Erfolg nachher und grüß Herrn Grevenbroich alias Hauptkommissar Brockmeier von mir!« Er lief zur Tür.
»Mach ich«, rief Kim und verteilte etwas Gel zwischen ihren Händen. »Heute wird aber nicht für die *Vorstadtwache* gedreht. Herr Grevenbroich spielt einen Kaufhausdetektiv in der neuen Fernsehserie *Ladendetektiv Ole Jacobsen.*« Kim fuhr sich einmal durch die Haare und arbeitete die Seiten-

partien heraus. »Maries Vater spielt Ole Jacobsen, einen arbeitslosen Schauspieler, der einen Job als Ladendetektiv im großen Nobel-Kaufhaus seines Cousins annehmen muss, um über die Runden zu kommen. Ole findet den Job zuerst todlangweilig, aber dann bekommt er es mit gefährlichen Räubern zu tun. Er jagt die Verbrecher, mit Action und Schießereien und so, und kann sie natürlich fassen. Ab da ist sein Ehrgeiz als Detektiv geweckt.«

Kims Vater nickte beeindruckt.

Kim grinste. »Herr Grevenbroich kann in dieser Serie auch sein Comedy-Talent zeigen. Der Regisseur meint, die Serie hätte locker das Potenzial, so beliebt wie die *Vorstadtwache* zu werden.«

»Ich drücke fest die Daumen«, sagte Herr Jülich. »Jetzt muss ich wieder in die Küche.« Er lächelte Kim an. »Um 22:00 Uhr bist du wieder da, richtig?«

Kim nickte und warf einen zufriedenen Blick in den Spiegel. Das Styling hatte sich ausgezahlt. »Danke! Ja, jemand vom Fernsehteam fährt Franzi und mich nach Hause«, antwortete sie. »Es ist ja nicht weit.« Praktischerweise befand sich der Hauptdrehort im alten Kaufhaus *Pulitzer.* Das große, vierstöckige Gebäude mit der eindrucksvollen Glaskuppel lag direkt am Marktplatz in ihrer Stadt.

»Prima, ich hebe dir etwas von den Bratkartoffeln auf!« Herr Jülich verschwand mit einem Winken.

Kim tauschte eilig das ausgeleierte T-Shirt, das sie trug, gegen ein sonnengelbes Top und die alte Jeans gegen Cargo-Pants. Dann schlüpfte sie in ihre neuen Sneakers. Jutta, die Kostümbildnerin vom Fernsehteam, hatte ihnen vor einigen

Tagen eine E-Mail geschickt und darum gebeten, dass jede ihr eigenes Outfit zum Dreh mitbrachte. Es sollte sportliche Kleidung in bunten Farben sein, die zu den Rollen, die sie spielten, passte: drei junge Kundinnen, die gerade in der Sportabteilung beraten wurden, während sich im Vordergrund Ole Jacobsen eine wilde Verfolgungsjagd mit zwei Verbrechern lieferte und eine Flugrolle über einen Aktionstisch mit Tennisbällen machte.

Kim murmelte den Text, den sie zu sagen hatte: »Parkouring im Kaufhaus, wie geil!«

Marie würde dann nicken, ihre langen blonden Haare nach hinten werfen und sagen: »Ob das gut geht …«

In der nächsten Einstellung sollte Ole Jacobsen inmitten einer Unmenge von Tennisbällen auf dem Boden sitzen, hinter ihm der umgekippte Tisch, und Franzi würde ihm beim Aufstehen helfen. Während der Ladendetektiv wieder lossprintete, sollte sie ihm hinterherrufen: »Sie tragen die falschen Klamotten!«

Dann würden sie alle drei gleichzeitig den Kopf schütteln.

Kim musste in sich hineingrinsen. Plötzlich war sie gar nicht mehr so aufgeregt. Der Dreh würde bestimmt sehr lustig werden.

Sie schulterte ihren Rucksack und machte sich auf den Weg. Im Vorgarten zappelten die Zwillinge und Pablo, zu einem Knäuel verstrickt, im Blumenbeet. Lukas hatte die Schlaufe der Hundeleine fest um sein linkes Handgelenk gewickelt, mit der Rechten hielt er sich an einem Busch mit rosa Pfingstrosen fest. Ein Teil der Leine wand sich um Bens Bein und der Junge kämpfte mühsam um sein Gleichgewicht. Pablo zog aus Leibeskräften, er war erstaunlich stark für einen mittelgroßen Hund. Seine Vorderpfoten hatte er auf den Zaun zum Nachbarn hin gestemmt und die Hinterpfoten hingen auf halber Höhe in der Luft. »Pablo, bei Fuß!«, keuchte Lukas. Plötzlich gab es ein lautes Knacken und die Stängel der Blüten brachen ab. Lukas kippte vornüber. »Verdammt!«, hörte Kim ihren Bruder rufen, dann hing er auch schon bäuchlings über dem kniehohen Zaun. Hilflos schwenkte er die abgebrochenen Pfingstrosen in der Luft, während er weiterhin die Leine fest in der Hand hielt. Der Hund schnupperte kurz an einer der Blüten, kläffte und machte sich dann mit einem Ruck endgültig los. Er verschwand schwanzwedelnd im Rhabarber des Nachbargartens und begann begeistert zu buddeln.

Kim sah aus den Augenwinkeln, wie sich Herr Poschke aus der Hollywoodschaukel auf seiner Terrasse erhob und den Hals reckte. Er fing an zu schreien und rannte los. Einen Augenblick überlegte Kim, einzugreifen. Dann entschied sie, dass ihre Brüder alleine klarkommen mussten. Sie hatte jetzt wirklich keine Zeit mehr. Eilig schloss sie ihr Fahrrad auf und machte, dass sie loskam.

Marie und Franzi standen neben einer Absperrung am Hintereingang des Kaufhauses *Pulitzer*. Eine junge Frau mit Basecap, unter dem lange braune Haare hervorschauten, und einem Headset war bei ihnen. Kim erkannte Sophie, die Regiepraktikantin.

Alle drei winkten ungeduldig, als sie Kim entdeckten. Sie rannte die letzten Meter. »Tut mir leid!«, keuchte sie, als sie

ihre Freundinnen erreicht hatte. Marie sah Kim vorwurfsvoll an. »Du bist doch sonst immer so pünktlich!« Sie zupfte nervös an ihrem himmelblauen Kapuzenpulli. Ihre Beine steckten in dunkelblauen Leggins und an den Füßen hatte sie schneeweiße Sneakers. Wie immer war Marie top gestylt.
Sophie verschob die Absperrung ein Stück. »Dann mal rein mit euch«, flüsterte sie. »Aber seid leise, der Dreh läuft gleich.«
Die drei !!! schlüpften zwischen den Gittern hindurch und folgten Sophie. Sie mussten ziemlich aufpassen, um nicht über eines der vielen Kabel am Boden oder die Stative zu stolpern, die überall herumstanden. Sophie steuerte in Richtung einer Anlage mit mehreren kleinen Monitoren, die neben dem Eingang aufgebaut war. Davor saß Christian, der Regisseur. Die drei !!! hatten den sympathischen Mann beim letzten Filmdreh kennengelernt. Damals war er noch Assistent. Jetzt verantwortete er seinen ersten eigenen Dreh.
Sophie hielt einen Finger vor den Mund und deutete mit der Hand zu mehreren großen Kisten, die neben der Monitoranlage standen.
Marie nickte und lächelte Sophie zu. Die Praktikantin rückte ihr Headset zurecht und eilte nach vorne.
Augenblicklich war Kim von der Atmosphäre gefangen. Sie reckte den Hals. In einigen Metern Entfernung standen Maries Vater und seine Schauspielkollegin und unterhielten sich. Einer der Lichttechniker kniete vor ihnen und prüfte mit einem Messgerät das Licht. Hinter der Kamera stand Tessa, Maries Stiefmutter. Sie und Herr Grevenbroich hatten sich vor langer Zeit bei einem Dreh kennen- und lieben gelernt und hatten vor vier Wochen geheiratet. Kim benei-

dete Marie ein wenig um ihre coole Patchwork-Familie, zu der noch Lina, die 12-jährige Tochter von Tessa, und Finn, der 18 Monate alte Halbbruder, gehörten. Der Kleine war einfach so süß! Kim wünschte sich oft, ihre Zwillingsbrüder wären auch wieder so klein und harmlos. Sie seufzte und hob ein leicht zerfleddertes Drehbuch auf, das auf der Kiste vor ihr lag. Sie überlegte, ob sie es auf den Tisch vor Christian legen sollte. Der Regisseur sprach gerade in sein Headset und betrachtete konzentriert einen der Monitore. Herr Grevenbroich und seine Kollegin waren darauf im Brustbild zu sehen. Kim beschloss, das Drehbuch einfach in der Hand zu behalten, und setzte sich. Marie rückte ein Stück zur Seite. Im selben Moment gab es einen ohrenbetäubenden Knall.

Schüsse am Set

Ein zweiter Knall folgte. Kim duckte sich. Das waren Schüsse! Auch Marie und Franzi zogen die Köpfe ein.
Kim sah zwischen zwei Stativen hindurch. Herr Grevenbroich kniete mit schmerzverzerrtem Gesicht wenige Meter vor ihnen am Boden. Er hielt sich einen Arm. Auf dem Hemdstoff breitete sich ein dunkler Fleck aus. Blut! Seine Schauspielkollegin versuchte ihn zu stützen. Auch ihr stand der Schreck ins Gesicht geschrieben.
Maries Vater rappelte sich halb auf. Er öffnete den Mund und keuchte mühsam: »Keine Sorge. Nur ein Schleifschuss.«
Die junge Frau kniff die Augen zusammen. »*Schleifschuss*«, wiederholte sie. »Aha.« Dann zuckte es um ihren Mund.
Herr Grevenbroich verdrehte die Augen. »Ich meinte STREIFSCHUSS! Verdammt. Sorry, Leute!« Dann bekam er einen Lachanfall. Seine Kollegin konnte nun nicht mehr an sich halten und fing ebenfalls an, schallend zu lachen. Die beiden klopften sich auf die Schultern. Maries Vater trällerte: »Schleifschluss … ich habe einen Schleifschuss, schalalalaaa.«
Er nestelte an seinem Hemdärmel herum, die Maskenbildnerin eilte herbei und entfernte einen kleinen Plastikbeutel, der zur Hälfte mit blutroter Flüssigkeit gefüllt war.
»Aus! Danke!«, rief Christian. Er winkte ab. »Helmut, du wechselst das Hemd, und dann wiederholen wir die Szene.«
Kim schüttelte den Kopf. Sie hatte überhaupt nicht mitbekommen, dass der Dreh schon lief. Ein Blick auf Marie und Franzi verriet ihr, dass es ihren Freundinnen ähnlich ging.

»Die beiden haben so verdammt gut gespielt, dass ich wirklich dachte, dein Vater ist schwer verletzt. Mann, hab ich mich erschreckt!« Franzi schüttelte den Kopf.
Marie nickte schweigend.
»Wir machen dreißig Minuten Pause auf der Kaufhaus-Dachterrasse, wenn der nächste Take klappt«, versprach Christian. »Dann geht eine Runde Getränke auf mich!«
Das Team klatschte und johlte. Herr Grevenbroich schlüpfte in das neue Hemd, das die Kostümbildnerin ihm gebracht hatte, und klatschte sich mit seiner Filmpartnerin ab. Sie gingen wieder auf Position.
»Und: Bitte!«, rief Chris.

Eine Dreiviertelstunde später war die Schuss-Szene im Kasten und das Team hatte sich auf der sonnigen Terrasse versammelt, die zum Restaurant im obersten Stock des Kaufhauses gehörte. Chris bestellte Cola, Limo und Wasser und alle griffen dankbar zu.
Marie ließ sich in einen der Korbsessel unter einem großen weißen Sonnenschirm fallen. Sie lächelte ihren Vater an. »Danke, Papa, dass wir mitkommen durften!«
Herr Grevenbroich nahm einen Schluck Wasser. »Prinzessin, das ist doch selbstverständlich!« Er stellte das Glas auf dem Tischchen vor sich ab und sah Marie liebevoll an.
Chris nickte den drei !!! zu. »Ihr gehört mittlerweile ja quasi zum Team – so oft, wie ihr dabei seid. Schön, dass ihr auch heute wieder zuschaut!«
Marie strahlte in die Runde. Es war ihr deutlich anzusehen, dass sie mal wieder in ihrem Element war und sich rundum

wohlfühlte. Sie wollte später unbedingt Sängerin oder, wie ihr Vater, Schauspielerin werden. Daher nahm sie schon seit Jahren Gesangs- und Schauspielunterricht und besuchte eine Ballettklasse sowie verschiedene Fitness-Kurse. Sie genoss es sehr, wenn sich die Möglichkeit bot, bei Drehaufnahmen dabei zu sein und sich als Teil des Teams zu fühlen.

Tessa gesellte sich zu ihnen. Sie fuhr sich durch die kurzen hellbraunen Haare und ihre hellbraunen Augen blitzten übermütig. »So schön die Zeit mit Finn zu Hause auch war – es tut richtig gut, endlich wieder im Team arbeiten zu können!«

Herr Grevenbroich legte ihr den Arm um die Taille und sah zu ihr auf. »Es ist wunderbar, dass du wieder dabei bist!«

Tessa nickte strahlend. »Es ist aber auch ein Glücksfall, dass unser Au-pair-Mädchen länger bei uns bleiben will und sich um Finn und Lina kümmert. Sonst würde das alles nicht so reibungslos klappen!«

»Dieser Dreh ist ja ein richtiges Familienunternehmen«, stellte Jutta, die Kostümbildnerin, augenzwinkernd fest.

»Genau«, sagte Helmut. »Dafür haben wir auch unsere Hochzeitsreise verschoben. Das ist schließlich eine einmalige Gelegenheit, die so schnell nicht wiederkommt: Tessa an der Kamera, Marie und ihre Freundinnen als Komparsen und ich in der Hauptrolle. Und das alles an unserem Wohnort.«

Marie setzte sich plötzlich kerzengerade auf. »Sagt mal, kann das sein: Ist die Hochzeit wirklich schon vier Wochen her?«

Ihr Vater nickte. »Ganz genau!« Er stand auf und schlang seine Arme um Tessa. »Auf den Tag vier Wochen!«

Die beiden strahlten sich glücklich an.

Kim dachte an die tolle Hochzeit zurück. Zusammen mit Marie, Lina und Franzi war sie Blumenmädchen gewesen und hatte tatsächlich ein paar Tränen der Rührung verdrückt, als Helmut und Tessa sich in einer wunderschönen Kapelle das Jawort gaben.
Franzi schien auch daran zu denken. Sie zupfte an einem ihrer kurzen roten Zöpfe und lächelte versonnen. »Das war die schönste Hochzeit, die ich je erlebt habe.«
»Ohne eure Hilfe hätte sie womöglich gar nicht stattgefunden«, warf Tessa ein. Sie sah kurz ernst drein, lächelte aber gleich wieder.
Die drei !!! tauschten einen vielsagenden Blick. »Zum Glück konnten wir die Akte ›Hochzeitsfieber‹ erfolgreich schließen«, stellte Kim fest. »Das war ein harter Fall!«
»Aber ihr habt rechtzeitig den Täter aus dem Verkehr gezogen«, sagte Herr Grevenbroich. »Ich bin verdammt stolz auf euch!«
Kim seufzte leise. Solch ein Lob wünschte sie sich von ihren Eltern auch manchmal.
Chris sah auf die Uhr und klatschte in die Hände. »Leute, es geht weiter! Bitte in die Sportabteilung. Licht, Ton und Kamera gehen schon mal vor und bauen auf.« Er sah sich nach seiner Assistentin um. »Sophie?«
Die junge Frau saß etwas abseits und machte Notizen in ihrem Drehplan. »Hier bin ich!«, meldete sie sich. »Was gibt es denn?«
»Kommst du bitte mit und bringst die Bodenmarkierungen an?«, fragte der Regisseur. »Und die Tennisbälle müssen noch auf dem Tisch aufgebaut werden.«

»Klar!«
»Super!« Chris hob den Daumen. »Ich hole die beiden neuen Schauspieler unten ab.«
Marie wandte sich an Sophie. »Wir helfen dir!«
»Danke, das ist nett von euch«, sagte Sophie. Sie klemmte sich den Kuli hinter das Ohr und stand auf. »Dann mal los!«
Die drei !!! folgten dem Team durch das Restaurant. Gleich im Anschluss daran lag die Sportabteilung des Kaufhauses.
Im Gehen wandte sich Chris an Helmut und seine Schauspielkollegen. »Kommt ihr bitte in fünfzehn Minuten nach?«
Herr Grevenbroich sah auf die Uhr. »Alles klar, ich muss noch mal kurz runter zum Auto, ich habe was vergessen. Bin dann pünktlich da.«
Chris zwinkerte. »Und wenn nicht, gibst du eine Runde aus!«
»Jaha!«, rief Helmut Grevenbroich und eilte fort.
Während mehrere Frauen und Männer Kabeltrommeln abwickelten und Scheinwerfer, Mikrofone und Kameras verbanden, stapelten Kim, Franzi und Marie die Tennisbälle auf dem Verkaufstisch. Sophie brachte unterdessen kleine Stücke Klebeband am Boden an. Sie markierte damit die Stellen, an denen Komparsen und Schauspieler bei den verschiedenen Einstellungen zu stehen hatten. Tessa sprach sich gerade mit den beiden Lichttechnikern David und Daniel ab. Sie brachte dabei die Kamera auf dem Stativ in Position und prüfte im Display, ob sie die richtige Einstellung hatte.
Chris kam in Begleitung zweier weiterer Schauspieler. Sie wurden sofort von Jutta in Empfang genommen und in die Teeküche der Kaufhausangestellten geführt, in der die Maskenbildnerin ihr Studio aufgebaut hatte.

»An dieses Gewusel am Set werde ich mich nie gewöhnen«, stellte Franzi fest und wich einem Kabelträger aus. »Das ist alles so hektisch.«
Marie nickte begeistert. »Das ist es ja, was ich so liebe!«
Franzi zog energisch die Haargummis an ihren beiden kurzen Zöpfen fest. »Ich weiß nicht.«
Kim nestelte nervös an ihrem T-Shirt. »Leute, ich bin auf einmal total aufgeregt!«
»Lampenfieber gehört einfach dazu!«, antwortete Marie und legte ihr kurz die Hand auf die Schulter. »Wir schaffen das!«
Chris klatschte in die Hände. »So, ihr drei. In zehn Minuten sind wir so weit. Ihr könnt euch ja schon mal eure Plätze ansehen.« Er deutete auf drei kleine gelbe Kreuze auf dem Fußboden seitlich vom Verkaufstisch mit dem Berg von Tennisbällen darauf. »Wir machen zuerst eine Stellprobe. Sophie?« Chris sah sich um. »Sind Edgar und Nelly mit der Maske fertig?«
Die Assistentin streckte den Daumen nach oben.
»Fein. Und wo steckt Helmut?«
»Er ist noch nicht da«, antwortete die Praktikantin.
In dem Moment kam Herr Grevenbroich angelaufen. »Doch!«, rief er und entschuldigte sich etwas atemlos.
Chris verdrehte die Augen. »Ab in die Maske mit dir.« Zu Tessa und den drei !!! gewandt sagte er: »Okay, wir fangen erst in fünfzehn Minuten an.«
»Prima!«, rief Kim sofort und lief rot an. Sie trat von einem Bein aufs andere. »Ich meine, dann kann ich doch auch noch mal kurz … verschwinden?«
Chris fuhr sich durch die Haare. »Aber geh bitte nicht auch

noch verloren, ja? Die Toiletten sind im Treppenhaus, du musst durch die Spielwarenabteilung durch und dann links.«
»Danke!« Kim machte sich auf den Weg.
Die benachbarte Spielzeugabteilung war riesig – und menschenleer. Kim wunderte sich, dass keine Verkäuferinnen da waren. Ein Gong ertönte. Dann erfolgte eine Lautsprecherdurchsage. Eine freundliche weibliche Stimme machte darauf aufmerksam, dass das Kaufhaus in fünf Minuten schließen würde. Alle Kunden wurden gebeten, sich zum Ausgang zu begeben.
Wahrscheinlich machten die Verkäuferinnen gerade die Abrechnung in einem Nebenraum, nahm Kim an. Sie lief an einer großen Modelleisenbahn-Landschaft, einem Regal mit Barbie-Puppen und einer Vitrine mit Teddy-Bären vorbei. Sie bedauerte, dass sie sich beeilen musste, damit sie auch rechtzeitig wieder am Set sein würde. So ganz alleine in einer Spielwarenabteilung zu sein, das hatte schon was! Nicht, dass sie noch mit Puppen oder Plüschtieren spielte, aus dem Alter war sie nun wirklich raus. Aber es war trotzdem spannend, das Gefühl zu haben, alleine mit all den tollen Sachen zu sein. An einer Wand standen mindestens zwei Dutzend großer Puppen mit niedlichen Gesichtern und langem seidigem Haar. Sie trugen Kleider mit Rüschen und Spitzen in Himmelblau, Weiß und Rosa und sahen Kim aus großen Kulleraugen unter dichten Wimpernkränzen an. Fast schienen sie ihr etwas zuzuflüstern aus ihren leicht gespitzten, zartrosa Mündern. Kim bekam eine Gänsehaut. Die Puppen wirkten so lebendig! Hatte sich die eine eben bewegt? Sah ihr die andere etwa nach? Kim schüttelte den Kopf. Ihre Fantasie

spielte ihr wohl gerade einen Streich. Trotzdem legte sie noch einen Zahn zu und lief in die Richtung, die ein Schild mit der Aufschrift »Personal-WC« wies.
Als Kim auf dem Rückweg wieder an den Puppen vorbeikam, stellte sie erleichtert fest, dass sie wirklich völlig harmlos aussahen. Keines der Augenpaare verfolgte sie mehr, engelsgleich lächelten die Gesichter ins Nirgendwo. Kim entspannte sich und versuchte sich auf ihren Text zu konzentrieren, den sie in wenigen Minuten vor laufender Kamera aufsagen würde: *Parkouring im Kaufhaus, wie geil! Parkouring im Kauf-* »AHH!« Etwas hatte Kim an der Schulter gestreift! Sie riss den Kopf hoch und sah in Davids erschrockenes Gesicht.
»Gute Güte! Hast du mich erschreckt.« Der Lichttechniker fuhr sich durchs halblange rotbraune Haar. »Wo kommst du denn auf einmal her?«
»Von den Toiletten«, antwortete Kim und wies hinter sich zum Treppenhaus. Sie atmete tief durch und spürte, wie ihr Herzschlag sich wieder beruhigte. »Du hast mich aber auch gerade total erschreckt!«
»Sorry, das wollte ich nicht. Ich musste schnell mal telefonieren und bin rausgegangen«, sagte David. Er sah auf seine Armbanduhr. »Und jetzt muss ich sofort wieder ans Set! Sonst reißt mir Chris den Kopf ab. Bis gleich!«
Bevor Kim antworten konnte, war David auch schon um die Ecke gebogen. Sie folgte ihm schnell durch die verwaiste Spielwarenabteilung. Schließlich wollte auch sie keinen Ärger mit Chris riskieren. Als sie an der Kasse vorbeigelaufen war, zögerte sie jedoch kurz. War da eben ein Rascheln gewesen? Sie lauschte. Ja, sie hatte sich nicht getäuscht, da war es

wieder, dieses leise Geräusch. Kim konnte ihren Detektivinstinkt nicht mehr unterdrücken. Sie musste jetzt sofort nachsehen, was da war!
Kim lief ein Stück zurück und beugte sich über den Tresen. Verwundert stellte sie fest, dass dort ein Junge hockte und gerade einen Erste-Hilfe-Kasten schloss. Er sah zu ihr auf, grinste und sagte: »Hi!«
»Äh, hi!«, erwiderte Kim. Sie schätzte den Jungen auf etwa 17, 18 Jahre. Sein blondes Haar war ziemlich verwuschelt. Er richtete sich auf und strich sich eine Haarsträhne aus der Stirn. Dabei hinterließ seine Hand dort einen schwarzen Fleck. Kim bemerkte, dass seine Finger ölverschmiert waren. Am Hemdkragen war ein kleines Schild befestigt. Kim entzifferte die Aufschrift: »Spielwaren – Andreas Mertens«.
Der Junge grinste schief. »Entschuldige bitte mein Aussehen, aber ich hatte einen kleinen Unfall mit einem Modell-Helikopter. Ich musste mir ein Pflaster holen.«
Kim lächelte. »Die Arbeit in einer Spielwarenabteilung scheint gefährlich zu sein.«
Andreas nickte. »Stimmt. Vor allem, wenn es so viele fantastische elektronische Modellbausätze gibt, die man alle ausprobieren muss. *Pulitzer* ist sehr gut sortiert, kann ich dir sagen. Ich bin froh, dass ich hier gelandet bin.« Er wischte sich die Hand an seiner Jeans ab und hielt sie Kim hin. Kim nahm sie und schüttelte sie. Sie bemerkte ein langes, schmales Pflaster am Handgelenk des jungen Mannes. Er sah sie mit einem intensiven Blick an. Seine Augen lächelten.
»Ich bin Andreas, Azubi.«
Kim nannte ihren Namen. Sie stellte irritiert fest, dass ihr ein

bisschen schwindelig war. Was war das denn jetzt? Sie war absolut glücklich mit ihrem Freund Michi, der die schönsten Augen der Welt hatte und die süßesten Sommersprossen auf der Nase. Aber diese Augen hier vor ihr …

»Gehörst du zum Filmteam?«, unterbrach Andreas ihre Gedanken. Kim räusperte sich. »Ja. Ich bin mit zwei Freundinnen zum Komparsendreh hier.«

»Super«, sagte Andreas. Kim blinzelte. Diese Augen, dieser Blick! Sie schluckte. »Ich muss dringend rüber in die Sportabteilung, wir drehen gleich.« Sie machte auf dem Absatz kehrt und lief los.

»Toi, toi, toi!«, rief Andreas ihr hinterher. »Bis bald vielleicht mal!«

Kim drehte sich nicht mehr um, aber sie hob eine Hand zum Abschied. »Ja, tschüss!«, stieß sie mit belegter Stimme hervor.

Die Vorbereitungen liefen immer noch mit Hochdruck, als Kim am Set ankam. Die Tontechniker eilten herum und richteten Mikrofone aus, David und Daniel wiesen ihre Assistenten an, die weiße Reflektorschilder positionierten, und Tessa richtete gerade eine Kamera ein, die vor dem Tisch mit den Tennisbällen stand.

Herr Grevenbroich besprach sich mit Chris und dem Schauspieler, der den Verbrecher spielte. Marie und Franzi standen in einigen Metern Abstand zu dem Aktionstisch. Marie frischte gerade ihr Lipgloss auf und Franzi jonglierte mit vier Bällen. Sie nickte Kim knapp zu. »Hi! Wir warten immer noch …«

»Ich wusste gar nicht, dass du jonglieren kannst«, sagte Kim. Bewundernd sah sie ihrer zierlichen Freundin zu, die konzentriert die Bälle warf. Franzi war eine echte Sportskanone. Sie liebte es, auf ihrem Pony lange Ausritte zu machen oder zu rudern, zu klettern und zu skaten. Eigentlich war es gar nicht so verwunderlich, dass sie auch im Jonglieren so geschickt war.

»Stopp!«, war plötzlich Chris' Stimme zu hören. Der Regisseur kam zu Franzi rübergelaufen und schnippte mit dem Finger.

Franzi ließ vor Schreck die Bälle fallen, sie kugelten in allen vier Himmelsrichtungen davon. »Ich meinte: Das ist gut!« Der Regisseur rieb sich die Hände. »Richtig gut, das nehmen wir ins Drehbuch auf.«

Franzi sah Chris verständnislos an.

»Deine Jonglage eben, die bauen wir ein. Tessa, Helmut, kommt doch bitte mal her.«

Chris erläuterte den beiden seine Idee, während Franzi ihre Bälle wieder einsammelte. Tessa und Helmut nickten.

Dann erklärte Chris auch den drei !!! den neuen Ablauf: »Ihr steht bei der ersten Einstellung, wenn Ole Jacobsen den Gang entlangrennt und zu seinem Hechtsprung ansetzt, alle drei von Anfang an im Hintergrund. Franzi jongliert, Kim und Marie, ihr seht ihr einfach zu und nickt begeistert.« Chris schob seine Brille hoch, die zur Nasenspitze gerutscht war. »In der zweiten Einstellung zoomt Tessa an euch ran, dann kommt dein Text, Kim. Franzi jongliert, während du sprichst, weiter. Und dann kommt Marie mit ihrem Text. In der dritten Einstellung fängt Franzi die Bälle alle auf einmal auf, legt sie ganz cool auf den jetzt leeren Tisch und hilft Helmut beim Aufstehen. Wenn er wieder losgelaufen ist,

ruft sie ihm ihren Text hinterher.« Chris nickte. »Helmuts Hechtsprung und die unsanfte Landung drehen wir dann im Anschluss. Jetzt seid ihr erst mal dran. Also: Viel Glück!«
Kim war etwas verwirrt. Dann erinnerte sie sich daran, dass ihnen Chris bereits letzte Woche erklärt hatte, dass im Film eine Sequenz meist in mehreren Teilen gedreht wurde, die erst ganz zum Schluss beim Filmschnitt richtig zusammengefügt wurden. Der Hechtsprung musste ziemlich aufwendig vorbereitet werden, das war nicht in einem einzigen Dreh zu schaffen.
»Alles klar?«, fragte Chris.
Die drei !!! sahen sich kurz an und nickten.
»Dann proben wir das jetzt mal zunächst ohne Kamera, okay?«
Der Durchlauf gelang auf Anhieb, Chris musste nur wenig korrigieren. Die drei Mädchen klatschten sich ab. Es konnte losgehen!
Jutta kam noch einmal vorbei und mattierte ihre Gesichter mit Puder.
Tessa sah konzentriert auf das Display der Kamera.
Kim atmete tief ein und wieder aus. Ihr Herz pochte heftig gegen ihre Rippen.
Marie zwinkerte ihr zu. »Gutes Gelingen!«, sagte sie leise.
»Ton?«, rief Sophie.
»Läuft!«, antwortete eine Frau.
»Licht?«
»An«, sagte David.
Sophie scannte den Drehort mit einem schnellen Blick, dann nickte sie Chris zu. »Kamera an!«

Das LED-Lämpchen an der Kamera vor Tessa leuchtete rot auf. »Kamera läuft!«, sagte sie.
»Und: Bitte!«, rief der Regisseur.
Kim konzentrierte sich ganz auf Franzi. Ihre Freundin hob die Arme und warf den ersten Ball locker aus dem Handgelenk. Der zweite folgte.
Kim und Marie knipsten ihr Lächeln an und nickten. Gleich würde Franzi den dritten und vierten Ball in die Luft werfen. Marie pustete sich eine Haarsträhne aus dem Gesicht, nickte und lächelte weiter. Kim sah, wie ihre weißen Zähne im grellen Scheinwerferlicht leuchteten.
Dann bemerkte sie, dass Franzi abrupt in der Bewegung innehielt. Ihre Freundin riss Augen und Mund auf und blieb wie gelähmt stehen. Der erste Tennisball prallte auf dem Boden auf und schlug gegen das Kamerastativ. Der zweite sprang Tessa direkt vor die Kamera. Sie verriss das schwere Gerät.
»Das gibt's doch nicht«, keuchte Franzi.

Überfall!

Kim drehte sich um und starrte in die Richtung, in die Franzi immer noch blickte. Sie traute ihren Augen nicht. Was sich hier gerade abspielte, musste Teil des Films sein!
Am anderen Ende der Sportabteilung befanden sich drei Aufzüge. Kim war erst vor wenigen Minuten an den geschlossenen Türen vorbeigelaufen. Jetzt aber war einer der Fahrstühle geöffnet und fahles Neonlicht sickerte daraus hervor. Kim hielt den Atem an: Eine Person befand sich, halb sitzend, halb liegend, im Türbereich! Sie versuchte verzweifelt, den Aufzug zu blockieren, indem sie ihre Beine in die Lichtschranke hielt. Ihre dunklen, langen Haare hingen ihr wirr ins Gesicht, sie hatte beide Arme über dem Kopf erhoben und winkte seltsam ungelenk. Kim erkannte, warum: Die Hände der Frau waren mit Klebeband aneinandergefesselt! Sophie ließ einen spitzen Schrei los. Augenblicklich geriet das gesamte Fernsehteam in helle Aufregung. Jemand stieß gegen einen der Reflektorschirme. Er segelte zu Boden und streifte David, der daraufhin panisch aufschrie. Er stieß die glänzende Folie von sich, als hätte sie versucht, sich auf ihn zu stürzen und ihn festzuhalten.
Die drei !!! sprinteten sofort los. Franzi kam als Erste bei den Aufzügen an. Geistesgegenwärtig drückte sie den Hebel, der die Türen offen hielt. Die Frau rollte verzweifelt mit den Augen und versuchte etwas zu sagen. Das fest um ihren Mund gewickelte Klebeband hinderte sie daran. Sie atmete heftig und schwenkte den Kopf wild hin und her.
»Warten Sie«, sagte Kim so bestimmt wie möglich. Dabei

schlug ihr das Herz vor Aufregung bis zum Hals. »Beruhigen Sie sich. Sie sind in Sicherheit! Ich entferne jetzt den Knebel.« Mit zitternden Fingern suchte sie nach dem Ende des Klebestreifens. Aber das Band war so fest zugezogen, dass sie es nicht fand.

»Hier«, sagte Chris. Er hielt Kim seinen Autoschlüssel hin. »Vielleicht kannst du es damit durchschneiden?«

Kim nickte und nahm den Schlüssel. Sie arbeitete sich damit vorsichtig durch den Klebestreifen. Tatsächlich gelang es ihr mit ein paar sägeartigen Bewegungen, den Streifen in der Nähe eines Ohrs zu durchtrennen.

»Achtung, es wird kurz wehtun«, warnte sie die Frau. Dann zog sie mit einem schnellen Ruck das Klebeband weg.

Die Frau riss den Mund auf und stieß einen Schmerzenslaut aus. Sie japste: »Luft! Endlich Luft. Danke!« Sie deutete in die Kabine und ächzte: »Meine Kollegin … Sie müssen ihr helfen!«

Erst jetzt bemerkte Kim die zusammengekrümmte Gestalt im hinteren Teil des Fahrstuhls. Bewegungslos saß sie mit vornübergekipptem Oberkörper an die Wand gelehnt.

Franzi und Marie eilten zu ihr. Sie mussten dabei über eine große Menge von Geldmünzen steigen, die auf dem gesamten Boden verteilt waren. Dazwischen lagen zwei zerknüllte Plastiktaschen.

Die Frau hob den Kopf und sah mit glasigen Augen in die Runde. Kim durchtrennte das Klebeband über ihrem Mund.

»Hilfe«, flüsterte die Frau tonlos. Sie hatte Tränen in den Augen. »Überfall!«

»Ich glaube, sie steht unter Schock«, sagte Tessa. Sie strich der Frau beruhigend über die blonden, gelockten Haare, während Franzi ihre Arme und Beine von den Fesseln befreite.

Kim sah in die Runde, die sich mittlerweile vor dem Fahrstuhl versammelt hatte.

»Ich rufe die Polizei«, sagte Chris. Er zog sein Handy aus der Hosentasche und tippte hektisch darauf herum.

David und Daniel halfen den beiden Frauen, sich auf einen Stapel Yogamatten zu setzen. Bis auf die von den Fesseln schmerzenden Hand- und Fußknöchel schienen beide Frauen unverletzt.

»Wir sind überfallen worden«, sagte schließlich die Dunkelhaarige. Sie massierte sich die Handgelenke. Stockend berichtete sie, dass sie zusammen mit ihrer Kollegin gerade auf dem Weg zum Tresor im Keller war. Dort wurden täglich die Einnahmen aller Kassen des Kaufhauses aufbewahrt, bis sie spätabends ein Sicherheitsdienst abholte und zum Nachttresor der Bank brachte. »Wir haben, wie immer, das abgeschöpfte Geld in zwei unauffälligen Plastiktaschen verstaut«, fuhr die Verkäuferin fort. »Wir sind per Sonderfahrt ohne Zwischenstopp mit dem Aufzug runter in den Keller gefahren.« Sie schluckte. »Mittendrin gab es dann einen Rieseschlag. Ein Teil der Decke war plötzlich weg und ein vermummter Mann ist in die Kabine gesprungen.« Die Verkäuferin kniff die Augen zusammen. »Es ging alles so schnell. Er hat mit einer Pistole herumgefuchtelt und den Schlüssel für die Sonderfahrt gezogen. Dann hat er auf den Knopf für das oberste Stockwerk gedrückt. Während wir nach oben gefahren sind, hat er meiner Kollegin die beiden Taschen entrissen und uns gefesselt. Ich habe mich zuerst gewehrt und ihn gekratzt, aber dann hat er mir die Pistole unter die Nase gehalten und mich aus seinen eiskalten Augen angefunkelt. Da habe ich ganz schnell stillgehalten. Er hat dann die Geldscheine in seinen Rucksack gestopft und ist im obersten Stockwerk ausgestiegen und seelenruhig weggegangen. Vorher hat er noch den Nothalt gedrückt, sodass der Fahrstuhl blockiert war.« Sie atmete tief durch. »Wir waren bestimmt eine halbe Stunde oder länger in dieser stickigen Kabine eingesperrt. Ich habe es zuerst nicht geschafft, mich an der Wand hochzuziehen, um einen der Knöpfe zu erreichen.« Die Frau legte den Kopf in den Nacken. »Aber dann ist es mir zum Glück gelungen.«

Ihre Kollegin lehnte sich an sie. Sie schüttelte schweigend den Kopf.

Kim runzelte die Stirn. Sie erinnerte sich an etwas. Sie versuchte sich zu konzentrieren. Das war leider inmitten dieser aufgeregt durcheinandersprechenden Menschenmenge fast nicht möglich.

»Entschuldigt bitte mal«, hörte sie Herrn Grevenbroich hinter sich. »Lasst ihr mich mal durch?« Kim und Franzi traten ein Stück zur Seite.

Maries Vater hatte zwei Gläser mit Wasser besorgt. Eines davon reichte er der blonden Verkäuferin, die dankbar annahm. Er beugte sich zu der anderen Frau herunter und hielt ihr das Glas hin. »Bitte. Trinken Sie erst einmal etwas. Die Polizei wird gleich da sein.«

»Das ist sehr nett.« Die Frau nahm das Glas und trank einen Schluck. »Vielen Dank!« Sie sah Herrn Grevenbroich an. Im selben Moment entglitten ihr die Gesichtszüge. Sie stieß einen lauten Schrei aus. Dann rief sie: »Hauptkommissar Brockmeier! Er ist es …«

Herr Grevenbroich trat einen Schritt zurück. »Ähm, ja.« Er schmunzelte. »Der bin ich … auch.«

Kim unterdrückte ein Grinsen. Helmut Grevenbroich wurde, wie sie von Marie wusste, öfter auf der Straße mit diesem Namen angesprochen. Die Menschen kannten ihn aus der bekannten TV-Serie *Vorstadtwache*, in der er seit Jahren die Hauptrolle des Hauptkommissars Brockmeier spielte.

Marie kicherte.

»Er ist es, ich erkenne ihn an seinen blauen Augen!«, rief die Frau mit zittriger Stimme. Sie zeigte mit dem Finger auf Maries Vater. »Er ist der Täter! Dieser Mann hat uns überfallen. Diesen Blick werde ich nie vergessen!«

Schlagartig wurde es totenstill. Marie blieb der Mund offen stehen. Herr Grevenbroich räusperte sich. »Entschuldigen Sie bitte … das ist absurd … Sie stehen unter Schock und verwechseln mich.« Er versuchte, der Verkäuferin beruhigend eine Hand auf die Schulter zu legen. Die Frau wehrte ihn mit einer groben Bewegung ab. »Lassen Sie mich, Sie mieser Verbrecher!« Wasser schwappte aus dem Glas und ergoss sich über Herrn Grevenbroichs Arm. Er zuckte zurück und krempelte verdattert den nassen Hemdsärmel auf.

Kim sah, dass sich ein langer Kratzer am Handgelenk entlangzog. Die Verkäuferin starrte ebenfalls auf die Wunde und stieß einen erstickten Schrei aus. »Sehen Sie die Kratzspur? Die habe ich ihm beigebracht, als er mich gefesselt hat. Er ist eindeutig der Täter!«

Herr Grevenbroich schüttelte den Kopf. Er machte einen Schritt zurück. Tessa trat neben ihn und fasste ihn an der Schulter. Sofort schrie die Verkäuferin: »Lassen Sie ihn nicht gehen! Er will flüchten!«

Jetzt drehte Marie beinahe durch. Sie baute sich vor der Frau auf und rief: »Lassen Sie sofort meinen Vater in Ruhe! Sie Lügnerin!« Ihre Stimme zitterte vor Wut. Kim konnte sich nicht erinnern, ihre Freundin jemals so außer sich erlebt zu haben.

Tessa zog Marie sanft an sich. »Das wird sich bestimmt alles klären lassen«, sagte sie mühsam beherrscht. »Das muss ein fürchterlicher Irrtum …«

Eine tiefe Stimme unterbrach Tessa: »Guten Abend!« Ein mittelgroßer, vielleicht vierzigjähriger Mann in Jeans und Parka lief zusammen mit zwei Polizisten den Gang entlang. Die Dreiergruppe blieb vor den beiden Verkäuferinnen stehen. »Kommissar Cornelius Wengert«, stellte sich der Mann vor. »Sie haben die Notrufzentrale verständigt?«

Chris räusperte sich. »Ja, das war ich. Hier hat ein Überfall stattgefunden.«

»Diese Frau verleumdet meinen Vater!«, rief Marie und deutete auf die dunkelhaarige Verkäuferin. Ihre Augen funkelten vor Wut.

»Bitte eins nach dem anderen.« Der Kommissar räusperte sich. »Sie *alle* sind hier überfallen worden?«

»Nein«, setzte Kim an. Diese –«

»Wir! Meine Kollegin hier und ich«, rief die dunkelhaarige Verkäuferin dazwischen. »Dieser Verbrecher«, sie deutete auf Helmut Grevenbroich, »kam durch die Aufzugsdecke

und hat uns mit einer Pistole bedroht. Dann hat er die kompletten Tageseinnahmen geraubt.«
Kim beobachtete, wie der Kommissar den beiden Polizeibeamten ein Zeichen gab. Die Männer postierten sich daraufhin rechts und links von Helmut und Tessa.
»Sie lügt!«, schrie Marie. Tessa umfasste sie fester, als fürchte sie, dass Marie gleich auf die Verkäuferin losgehen würde. »Mein Vater war die ganze Zeit am Set und hat gedreht!«, fuhr Marie atemlos fort. »Wie sollte er Sie da überfallen haben?« Sie wischte sich eine Träne aus dem Auge und sah den Kommissar an. »Und wer sind Sie eigentlich? Wo ist Kommissar Peters? Er kennt meinen Vater gut, er weiß, dass er so etwas niemals tun würde!«
Tessa nickte heftig.
Wengert schien für einen Augenblick verwirrt, fasste sich aber schnell wieder. »Mein Kollege Peters ist nicht da, ich vertrete ihn während seines Urlaubs.«
»Auch das noch«, zischte Marie.
»Wie bitte?«
Marie zuckte zusammen, sie schien zu begreifen, dass es in diesem Augenblick mehr als unklug war, den Kommissar zu verärgern. Sie schluckte. »Ich habe gesagt: *Ah, ach so.*«
Wengert sah sie kurz zweifelnd an, nickte dann aber. »Und woher kennst du Peters?«
»Er ist ein Freund meines Vaters. Wir haben schon oft mit ihm zusammengearbeitet und ihm geholfen«, antwortete Marie.
»Soso.« Es war dem Kommissar deutlich anzumerken, dass ihn Maries Antwort verwirrte. Er schwieg eine Weile und

sah in die Runde. Schließlich sagte er: »So kommen wir hier nicht weiter. Ich möchte als Erstes mit Ihnen beiden reden.« Er nickte den Verkäuferinnen zu. Dann wandte er sich an einen der Polizisten. »Gibst du bitte der Spurensicherung Bescheid, sie sollen so schnell wie möglich kommen.« Der Kommissar beachtete Marie gar nicht mehr, obwohl sie immernoch, nur wenige Schritte entfernt, vor ihm stand.
Der Polizeibeamte nickte und zog ein Handy hervor. Dabei ließ er Herrn Grevenbroich nicht aus den Augen.
»Alle anderen bitte ich, den unmittelbaren Tatort jetzt zu verlassen. Aber halten Sie sich in der Nähe auf, wir werden noch Fragen an Sie haben.«
Jutta und Daniel machten sich als Erste auf den Weg. Dann folgten weitere Mitglieder des Drehteams. Chris zögerte, Tessa und die drei !!! blieben bei Helmut stehen.
Kim knetete nervös die Hände. Irgendwie wurde hier kostbare Zeit verschwendet. Sie konnte nicht sagen, warum sie diesen Gedanken hatte. Sie versuchte verzweifelt dahinterzukommen.
In diesem Augenblick fiel der Groschen; ihr wurde zuerst siedend heiß, dann eiskalt. »Halt!«, sagte sie mit belegter Stimme.
Wengert sog scharf die Luft ein. »Was gibt es denn noch?«
»Herr Kommissar, mir ist etwas Wichtiges eingefallen!«
»Das kannst du mir gerne in ungefähr einer Stunde erzählen«, sagte Wengert unwirsch. »Ich möchte jetzt die Opfer befragen. Jedes noch so kleine Detail ist wichtig, an das sich die Damen erinnern können. Erinnerung geht schnell verloren oder wird verfälscht. Wir haben jetzt schon viel wert-

volle Zeit verloren.« Er wandte sich von Kim ab und ging auf die beiden Verkäuferinnen zu.

»Wir verlieren gerade weiterhin Zeit!«, rief Kim ihm hinterher. »Sie müssen mir zuhören, bitte. Jetzt!«

Verbrechen nach Drehbuch

Franzi und Marie sahen Kim gespannt an.
Der Kommissar blieb stehen. Er musterte Kim mit einem sehr ernsten Blick.
Sie straffte die Schultern und schob das Kinn vor.
Wengert seufzte. »Du hast drei Minuten.«
»Das Verbrechen, das hier gerade geschehen ist, entspricht eins zu eins dem Drehbuch!«, stieß Kim aufgeregt hervor.
»Wie bitte?« Der Kommissar schien nicht zu verstehen. »Was für ein Drehbuch?«
»Wir drehen hier gerade eine Szene für die erste Staffel einer neuen Fernsehserie«, erklärte Kim. »Ich habe letzte Woche in eines der Drehbücher hineingelesen, die am Set herumlagen. Da war eine Zusammenfassung der Folge drin. Der Ablauf passt beinahe hundertprozentig auf den Überfall heute! Warten Sie einen Moment.« Unter den erstaunten Blicken der anderen lief Kim zurück zum Set und schnappte sich das Drehbuch, das auf dem Regiestuhl lag. Sie schlug den schmalen Ordner auf und blätterte, während sie zurück zum Kommissar lief.
»Hier!« Kim blieb vor Cornelius Wengert stehen. Sie tippte mit dem Finger auf eine Seite und räusperte sich. »Ich lese das Wichtigste vor: *Ole Jacobsen, der Kaufhausdetektiv von Nobel & Co.* – so heißt das Kaufhaus im Film«, erklärte Kim kurz und fuhr dann fort: »Also, *der Ladendetektiv begleitet zwei Verkäufer, die die Tageseinnahmen sämtlicher Kassen des Kaufhauses transportieren, unauffällig bis zum Aufzug. Dieser*

soll die Männer per Prioritätsfahrt in den Keller zum Tresor bringen. Doch im Aufzug warten zwei Verbrecher! Sie kommen durch die Fahrstuhldecke, überwältigen und fesseln die beiden Verkäufer und fahren mit dem Aufzug ins oberste Stockwerk. Dort schicken sie den Fahrstuhl wieder runter in den Keller und flüchten über das Dach des Kaufhausgebäudes, wobei sie zuerst die Geldkiste durch eine Bauschuttrutsche nach unten in einen Container befördern, wo sie von einem dritten Komplizen mit dem Motorrad abgeholt wird, und sich dann vom Dach abseilen.« Kim reichte Wengert das Drehbuch. »Die Täter sind in der Serie übrigens zwei Aufzugsmechaniker, die ein paar Tage zuvor etwas repariert haben und Einblick in die Aufzeichnungen für das Abholen der Tageseinnahmen nehmen konnten. Wenn Sie wollen, können Sie noch einmal selbst nachlesen.«

Der Kommissar nahm das Drehbuch. Er überflog die Seite. Eine steile Falte erschien auf seiner Stirn.

Kim trat ungeduldig von einem Bein aufs andere. »Was ich damit sagen will: Wenn der Überfall genau so stattgefunden hat, wie es im Drehbuch geschildert ist, dann –«

»Hat der Täter die Beute vielleicht auf die gleiche Weise wie im Buch abtransportiert und ist über das Dach geflüchtet«, komplettierte Marie Kims Satz. »Kim, du bist genial!« Maries Wangen färbten sich rot. »Los, wir müssen sofort raus aufs Dach!«

Chris hob die Hand. »Die Bauschuttrutsche gibt es dort tatsächlich. Sie ist noch vom Dreh der letzten Woche dort.« Aufgeregt zeigte der Regisseur zum Treppenhaus. »Zu diesem Teil des Dachs geht es über die Treppe dahinten hoch.«

»Einen Moment bitte!« Der Kommissar klappte das Drehbuch zu und übergab es einem der Polizeibeamten. »Sind die Täter tatsächlich durch die Decke des Aufzugs gekommen?«, fragte er die dunkelhaarige Verkäufern.
Die Frau nickte. »Ja. Aber es war nur einer: Brockmeier!«
»Brockmeier?« Wengert sah einen Moment verständnislos drein. »Nun, dieses Detail klären wir später. Aber ansonsten verlief der Überfall wie eben gehört?«
»Richtig.«
Der Kommissar zog sein Handy aus der Tasche seines Parkas. »Gut. Ich verstehe das alles zwar gerade nicht, aber ich fordere Verstärkung an.« Wengert gab eine knappe Anweisung durch und steckte das Handy wieder ein. »Wir prüfen, ob jemand auf dem Dach ist. Auch wenn ich es für unwahrscheinlich halte, dass wir den Täter noch erwischen. Der Überfall hat bereits vor über einer Stunde stattgefunden.«
Kim merkte, dass Marie nach ihrer Hand tastete. Sie drückte sie fest.
»Er glaubt also nicht, dass Papa den Überfall verübt hat«, flüsterte Marie. Sie strich sich eine Haarsträhne aus dem Gesicht und lächelte Kim glücklich an.
»In der Zwischenzeit nehme ich die Aussagen der Opfer auf«, sagte der Kommissar. Er drehte sich zu Maries Vater um. »Und Ihren Namen bräuchte ich bitte noch.«
»Helmut Grevenbroich, ich –«
»Herr Grevenbroich«, unterbrach ihn der Kommissar, »Sie werden gleich von meinen Kollegen aufs Revier begleitet. Ich komme später zur Vernehmung nach. Alle anderen bitte ich jetzt, zurück ans Filmset zu gehen.«

Marie sackte in sich zusammen. »Nein!«
»Das können Sie doch nicht einfach so machen«, rief Tessa. »Mein Mann ist unschuldig!«
Jetzt schien auch Chris den Ernst der Situation erkannt zu erhaben. Er zog ein Stofftaschentuch aus seiner Hosentasche und tupfte sich damit eine Reihe von Schweißperlen von der Stirn. Sein Gesicht war sehr blass. »Sie können nicht einfach meinen Hauptdarsteller, übrigens ein mehrfach preisgekrönter, bundesweit bekannter Top-Schauspieler, mitten aus den Dreharbeiten zerren und verhaften, nur weil irgendeine Frau Mist erzählt!« Chris presste das Taschentuch in seiner Faust zusammen.
»Entschuldigen Sie bitte«, antwortete der Kommissar mit ernster Stimme. »Ich mache hier meine Arbeit. Zwei Frauen wurden überfallen, eine davon sagt aus, dass sie in Herrn Grevenbroich den Täter erkennt.« Wengert holte tief Luft, dann brüllte er: »Ich *kann* nicht nur – ich *muss* diesen Mann mitnehmen! Er ist ein Verdächtiger. Verstehen Sie das jetzt endlich?!« Der Kommissar fuhr sich durchs Haar. »Im Übrigen verhafte ich ihn nicht, sondern lade ihn zu einem Verhör vor.«
Chris schluckte. Er sah Helmut Grevenbroich hilflos an.
»Darf ich Sie jetzt bitten, ebenfalls nach nebenan zu gehen«, sagte der Kommissar unwirsch.
Herr Grevenbroich gab Tessa einen Kuss und strich Marie übers Haar. »Macht euch keine Sorgen. Es ist besser, wenn ich mitgehe und das aufkläre. Alles wird gut, ich verspreche es euch.«
Der Kommissar nickte. »Danke, dass Sie so vernünftig sind.«

Herr Grevenbroich nickte knapp. Marie schmiegte sich an ihn. In ihren Augen schimmerten Tränen.
Franzi ballte die Fäuste. »Wir werden den wahren Täter finden, das schwöre ich dir«, raunte sie ihrer Freundin zu.
Kim nickte heftig.
Bereits im nächsten Augenblick erschien die Verstärkung, die Kommissar Wengert angefordert hatte: Drei Frauen und drei Männer in Polizeiuniform eilten den Gang entlang auf sie zu. Nach einer kurzen Einweisung durch den Kommissar machten sich vier von ihnen auf den Weg zum Dach, zwei begaben sich zum Drehteam, das am Set wartete. Herr Grevenbroich wurde von den Beamten, die von Anfang an dabei gewesen waren, zum Treppenhaus geführt.
»Bis nachher«, rief Herr Grevenbroich Tessa und Marie zu. Er machte einen völlig gefassten Eindruck. Nur wenn man genau hinsah, stellte Kim fest, dann bemerkte man eine feine Sorgenfalte auf seiner Stirn.
Die drei !!! und Tessa wurden von einem der Polizisten aufgefordert, ebenfalls zur Sportabteilung zu kommen. Dort waren gerade zwei Beamte dabei, Namen und Adressen der Anwesenden aufzunehmen.
Das Team hatte den größten Teil der Ausrüstung bereits verpackt. Chris saß auf einer Kiste und studierte den Drehplan. Er nickte. »Wir liegen relativ gut in der Zeit, Leute.« Er seufzte. »Ich schlage daher vor, dass wir die Dreharbeiten für zwei Tage aussetzen. Ich glaube, jeder von uns muss das, was heute geschehen ist, erst mal in Ruhe verarbeiten.« Der Regisseur biss sich auf die Lippe. »Außerdem wissen wir nicht, wann Helmut wiederkommt.«

Keiner sagte darauf ein Wort. Kim sah, wie Tessa und Marie sich einen sorgenvollen Blick zuwarfen.
»Die Spurensicherung ist da«, stellte Franzi fest. Kim reckte den Hals und sah vier Gestalten, die in weißen Overalls mit Kapuzen steckten. Ihre Gesichter waren mit Mundschutz und großen Schutzbrillen bedeckt. Sie sahen aus, als kämen sie von einem anderen Stern. Mit vorsichtigen Bewegungen steckten sie den Bereich um die Aufzüge ab und holten ihre Ausrüstung aus einem großen Koffer hervor. Kim beobachtete, wie der Kommissar sich von den beiden Verkäuferinnen verabschiedete. Er schien seine Befragung beendet zu haben. Er kam zum Set rüber und sprach kurz mit einem der Beamten.
»Wir haben alle Adressen notiert. Sie können jetzt nach Hause gehen«, verkündete Wengert schließlich. »Wir melden uns dann bei Ihnen.« Er zögerte kurz. »Bitte gehen Sie durch das Treppenhaus. Die Aufzugsanlage ist gesperrt.«
»Aber wie sollen wir unsere Filmausrüstung transportieren?«, fragte Chris. Er zeigte auf die Kisten, Stative und Kabelrollen, die das Team zusammengestellt hatte.
Der Kommissar nickte. »Gut, dass Sie das ansprechen: Das Material muss vorerst hierbleiben. Meine Kollegen werden es nachher durchsuchen.«
Chris zog die Augenbrauen hoch. »Das ist nicht Ihr Ernst!«
»Mein voller«, antwortete Wengert ungerührt. »Machen Sie sich keine Sorgen, Ihre Geräte sind bei meinen Kollegen in besten Händen. Sie werden nach der Kontrolle sicher aufbewahrt. Ich gebe Ihnen dann Bescheid, wo Sie sie abholen können.«

Der Regisseur runzelte die Stirn. »Sie behindern meine Arbeit!«
»Und wenn Sie sich hier querstellen, behindern *Sie* die Arbeit der Polizei«, stellte der Kommissar fest. »Das könnte Konsequenzen haben.« Er verschränkte die Arme vor der Brust. »Bitte verlassen Sie jetzt mit Ihrem Team das Kaufhaus.«
Chris blieb der Mund offen stehen. Dann holte er tief Luft und setzte zum Sprechen an. Jutta fasste ihn am Arm. »Lass es, Chris. Das bringt doch nichts.«
Der Regisseur seufzte. »Wahrscheinlich hast du recht. Trotzdem: So ein Mist!« Er ließ sich von der Maskenbildnerin mitziehen. Der Rest des Teams folgte.
Die drei !!! blieben unschlüssig stehen. Tessa winkte ihnen ungeduldig zu.
»Wir kommen gleich!«, rief Marie. Dann straffte sie ihre Schultern und sah ihre Freundinnen ernst an. Kim und Franzi nickten. Wieder einmal verstanden sich die drei Detektivinnen ohne viele Worte.
»Was gibt es denn noch?«, sagte der Kommissar ungeduldig. »Ich sagte doch: Alle können jetzt nach Hause gehen.«
Marie schüttelte den Kopf. »Zuerst würden wir gerne wissen, ob es schon Neuigkeiten von Ihren Kollegen auf dem Dach gibt.«
»Ja! Haben Sie den Täter erwischt?«, fragte Franzi.
»Oder wenigstens die Beute sichergestellt?«, fügte Kim hastig hinzu.
Der Kommissar zuckte mit den Schultern. »Bedaure, über laufende Ermittlungen erteile ich keine Auskunft.« Er nickte

knapp. »Ich wünsch euch einen schönen Abend, Kinder.« Dann wies er zum Treppenhaus. »Darf ich bitten.« Der Kommissar wandte sich ab und begann ein Gespräch mit einer Frau von der Spurensicherung.

»Das ist ja wohl die Höhe«, zischte Marie. »Kim hat ihm so einen wichtigen Hinweis gegeben! Und er will nichts sagen. Frechheit!«

Kim zuckte mit den Schultern. »Dann sehen wir eben selbst nach.«

»Aber wie sollen wir auf das Dach kommen«, gab Franzi zu bedenken. »Der Kommissar lässt uns garantiert nicht durch.«

Kim zupfte an ihrem Pony. »Stimmt schon. Aber wir könnten uns unten umsehen, dort, wo die Bauschütte vom Dach endet.«

»Gute Idee«, sagte Marie sofort. »Los, kommt!«

Die drei Mädchen sammelten hastig ihre Taschen und Jacken ein und stürmten zum Treppenhaus. Franzi und Marie liefen, immer zwei Stufen auf einmal nehmend, in einem irren Tempo voraus. Kim hetzte, so schnell sie konnte, hinterher. Wieder einmal schwor sie sich, etwas mehr für ihre Kondition zu tun. Leider gehörte Sport nicht gerade zu Kims Lieblingsbeschäftigungen. Sie las lieber Krimis und verputzte dabei eine Tüte Gummibärchen oder schrieb Kurzgeschichten, als durch die Gegend zu joggen oder einem Ball hinterherzurennen.

Kim hielt an und japste nach Luft. Franzi und Marie waren sowieso schon längst außer Sichtweite, jetzt kam es auf eine Minute mehr oder weniger auch nicht mehr an. Sie atmete noch ein paar Mal tief durch, dann lief sie langsam weiter.

Von unten drang leises Stimmengewirr hoch. Kim wunderte sich: Waren die anderen vom Team denn immer noch da? Sie hielt sich am Geländer fest und schwang zum vorletzten Treppenabsatz runter. Von hier konnte man bereits in den Vorraum sehen, der zum Personalausgang des Kaufhauses führte: Da unten standen tatsächlich Jutta, Chris, Tessa, David und Daniel. Sie unterhielten sich mit Franzi und Marie. Weiter hinten sah Kim eine Polizistin und einen Polizisten, die hinter zwei Tischen standen. Weitere Mitglieder des Teams warteten davor, während die Beamten Taschen auspackten und Jacken abtasteten.

»Sie führen eine Taschenkontrolle durch«, sagte Marie, als Kim bei ihnen angelangt war. »Das ist schon ein Ding! Die behandeln uns, als wären wir Verbrecher.«

»Ist aber eigentlich logisch, dass sie alle überprüfen«, antwortete Franzi. »Schließlich könnte jeder vom Team den Überfall begangen haben und das Geld jetzt abtransportieren.«

Kim schüttelte den Kopf. »Wir waren doch alle, während es passiert ist, am Set.«

Franzi grinste. »Nicht unbedingt. Du warst mal kurz weg …«

»Haha, sehr lustig.« Kim zupfte sich nachdenklich an der Lippe.

In dem Moment wurde Marie blass. »Papa hat auch das Set verlassen.«

Franzi verdrehte die Augen. »Ich hab doch bloß einen Witz gemacht. Wahrscheinlich sind etliche vom Team mal kurz vom Set weg gewesen!«

»Ja, und man kann nur hoffen, dass diese Personen Zeugen haben, die bestätigen, wo sie waren.«

»Hast *du* denn einen Zeugen?«, wollte Marie wissen.

Kim zögerte. Eigentlich hatte sie keine Lust, ihren Freundinnen von dem Spielwarenverkäufer mit dem magischen Blick zu erzählen. Sie beschränkte sich daher auf ein knappes *Ja*. Zum Glück kam gerade Bewegung in die kleine Schlange vor der Taschenkontrolle. Sie mussten ein Stück weiter vorrücken und ihre Freundinnen waren abgelenkt. Jutta und Chris legten ihre Jacken auf die Tische. Die Polizisten durchsuchten akribisch jede Tasche und tasteten das Innenfutter ab. Anschließend wurden sogar ihre Hosenbeine und die Seiten abgeklopft. Nach einer Weile wurden der Regisseur und die Maskenbildnerin weitergeschickt. Offenbar hatten die Beamten nichts gefunden. Jutta und Chris winkten den drei !!! zu und verschwanden durch den Ausgang. Jetzt waren noch Tessa und die beiden Lichttechniker da. Aber danach würden Marie, Franzi und sie endlich drankommen. David lehnte, die Hände tief in den Hosentaschen vergraben, neben einem Kasten, in dem ein zusammengerollter Feuerwehrschlauch untergebracht war. Er sah gelangweilt in der Gegend herum, gähnte demonstrativ und streckte sich. Dabei stieß er ungeschickt mit einem Arm an den Kasten. Er zuckte zusammen und ließ seine Hände schnell wieder in den Hosentaschen verschwinden. Kim grinste. Plötzlich klingelte ihr Handy. Sie zog es aus dem Rucksack und sah aufs Display. Augenblicklich fing ihr Herz an zu klopfen. Es war ihr Freund! Sie musste unbedingt drangehen, sie hatte seit heute Mittag nicht mehr mit ihm gesprochen.

»Hallo, Michi!«, sagte Kim leise. »Du glaubst nicht, was uns heute passiert ist!«

»Hi, Kim!« Michi seufzte. »Du klingst, als ob ihr mal wieder einen neuen Fall hättet.«
»Richtig! Aber ich kann jetzt schlecht reden –«
»Dann lass uns das doch morgen nachholen«, unterbrach Michi sie. »Um halb vier im *Tutti Gelati*? Ich wollte dich auf einen Schoko-Becher einladen, mit extra Schokosoße!«
Kim lächelte. Ihr Freund wusste einfach ganz genau, was sie mochte!
»Das wäre super«, sagte sie begeistert. Dann fiel ihr Blick auf Marie und Franzi, die jetzt den Polizisten ihre Taschen hinhielten. Plötzlich durchfuhr es sie heiß. Sie würden bestimmt morgen gleich nach der Schule eine Detektivbesprechung abhalten, um zu planen, wie sie bei diesem neuen Fall vorgehen würden. Nein, sie konnte morgen nicht mit Michi Eis essen. »Es tut mir leid, aber morgen geht es nicht«, sagte Kim schweren Herzens. »Da muss ich mich mit Marie und Franzi treffen. Du weißt schon: der neue Fall …«
Sie hörte Michi seufzen. »Es ist gar nicht leicht, mit einer viel beschäftigten Detektivin zusammen zu sein«, murmelte er. »Aber klar, die Verbrecher gehen vor. Am Freitagnachmittag bin ich mit Rolf verabredet, aber hättest du am Abend Zeit?«
»Ja!«, rief Kim sofort. »Das klappt auf jeden Fall!«
»Prima, dann wird aus dem Eisbecher eine Pizza, okay? Ich hol dich um sechs ab, ja?«
Kim hauchte einen Kuss an das Handy. »Super! Ich freu mich!«
»Ich mich auch! Sehr! Mach's gut!« Michi legte auf.
Kim steckte das Handy wieder ein. Sie lächelte. Ihr Freund war wirklich der süßeste Junge der Welt!

»Na, hast du es auch endlich geschafft?«, empfing Franzi sie grinsend, als Kim fünf Minuten später die Taschenkontrolle passiert hatte. »War das eben der süßeste Junge der Welt, auch Michi genannt?«
»Richtig!«, antwortete Kim. »Wir gehen am Freitag Pizza essen!« Sie spürte, wie sich ein Lächeln in ihrem Gesicht breitmachte.
»Wie schön!«, sagte Franzi und klopfte ihr auf die Schulter.
Tessa klimperte mit dem Autoschlüssel. »Wir sollten dann mal.«
Die drei Detektivinnen nickten. Kim spürte auf einmal, wie müde sie war. Sie wäre in diesem Moment am liebsten direkt in ihr Bett gesunken.
»Wir wollten doch noch bei der Baurutsche und dem Container nachsehen«, zischte Marie ihren Freundinnen zu. Zum Glück führte sie der Weg zu Tessas Auto direkt daran vorbei.
Der Bereich beim Hinterausgang des Kaufhauses war weiträumig mit rot-weißem Absperrband gesichert und in grelles Licht getaucht. Es wurde von zwei großen mobilen Flutlichtanlagen verströmt, die auf Polizeibussen montiert waren. Zahlreiche Beamte in Uniform und in Zivil eilten hin und her. Die drei !!! blieben bei der Baurutsche stehen. Das Flutlicht erleuchtete die großen, ineinandergesteckten Plastikrohre komplett bis zur Dachkante des vierstöckigen Kaufhauses hinauf. Zwei Männer standen am unteren Ende der Rutsche, die in den Container führte. »Hier ist nichts!«, rief einer in sein Funkgerät.
»Fordere eine Rohrkamera an«, sagte sein Kollege. »Wir müssen prüfen, ob etwas in der Rutsche hängen geblieben ist.«

Der Polizist hob den Daumen und sprach erneut ins Funkgerät.
Die drei !!! sahen sich enttäuscht an. »So lange können wir nicht warten«, flüsterte Kim.
Marie und Franzi nickten.
»Wo bleibt ihr denn?«, rief Tessa. Sie stand auf der anderen Straßenseite vor dem Van der TV-Gesellschaft und winkte ungeduldig.
»Ich sehe zu Hause gleich mal in den Online-Polizeinachrichten nach«, sagte Kim, während sie die Straße überquerten. »Vielleicht steht da schon was.«
»Ja, gut«, antwortete Franzi. »Treffen wir uns morgen im Pferdeschuppen? Um halb vier?«
Marie und Kim nickten. Der alte Schuppen gleich hinter dem Bauernhaus, in dem Franzi mit ihren Eltern und ihrer Schwester wohnte, war das Hauptquartier der drei Detektivinnen. Sie hatten das von außen unscheinbare Gebäude in liebevoller Arbeit mit allem ausgestattet, was sie für ihre Ermittlungsarbeiten benötigten.
Während der Fahrt sagte niemand ein Wort. Kim wurde jetzt noch einmal richtig bewusst, was die Geschehnisse der letzten Stunden für Maries Familie bedeuteten: Helmut Grevenbroich wurde verdächtigt, ein Verbrechen begangen zu haben, und er wurde gerade von der Polizei vernommen. Das musste sehr schlimm für Marie sein.
Nachdem Tessa den Van vor dem Haus der Jülichs angehalten hatte, stiegen Marie und Franzi zusammen mit Kim aus. Marie sah ihre Freundinnen an und sagte leise: »Ich glaube, ich könnte jetzt eine Portion Extra-Power brauchen.«

Kim und Franzi wussten sofort, was gemeint war: der Powerspruch, den sie immer aufsagten, wenn sie besonders viel Energie für einen Fall benötigten. Sie stellten sich dicht vor Marie. Dann streckten die drei Detektivinnen zeitgleich ihre Arme noch vorne, sodass sie sich fast berührten. Marie flüsterte: »Eins«, Franzi folgte mit »Zwei« und Kim murmelte: »Drei.« Schließlich hoben sie die Arme nach oben und sagten gemeinsam: »Power!!!«
»Danke euch, das tut gut!«, stellte Marie fest und lächelte schwach.
Kim drückte sie ganz fest. »Bis morgen!«

Es sieht nicht gut aus

Detektivtagebuch von Kim Jülich
Donnerstag, 14:00 Uhr
Es ist der Hammer! Genau vier Wochen nachdem wir einen fiesen Täter dingfest gemacht haben, der die Hochzeit von Maries Eltern sabotieren wollte, sind wir schon wieder auf Verbrecherjagd. Das Schlimme am neuen Fall ist: Maries Vater wird verdächtigt! Eine Verkäuferin vom Kaufhaus Pulitzer *am Marktplatz beschuldigt ihn, sie gestern Abend in einem Aufzug überfallen, bedroht und gefesselt zu haben und dann mit den Tageseinnahmen geflüchtet zu sein. Ich habe vorhin in der Online-Tageszeitung gelesen, dass bei dem Überfall über 50.000 Euro erbeutet wurden! Von dem Geld fehlt nach wie vor jede Spur.*
Wir haben die überfallene Verkäuferin und ihre Kollegin auch noch selbst entdeckt, da wir zum Tatzeitpunkt als Komparsen beim Dreh für eine Fernsehserie (zusammen mit Herrn Grevenbroich, Tessa und einigen anderen Leuten) im Kaufhaus waren. Das Unheimliche an dem Fall ist, dass er fast eins zu eins nach der Geschichte verübt wurde, die im Drehbuch steht, das gerade verfilmt wird!
Maries Vater wurde von der Polizei gleich mitgenommen und stundenlang verhört. Sie hat mir vorhin erzählt, dass er erst heute Morgen wieder nach Haus gelassen wurde. Jetzt darf er die Stadt nicht verlassen und muss jederzeit erreichbar sein. Krass! Richtig blöd bei der ganzen Sache ist, dass Kommissar Peters gerade im Urlaub ist und von einem anderen Kommissar vertre-

ten wird. Der kennt uns nicht, war sehr unfreundlich und wird garantiert nicht zulassen, dass wir bei den Ermittlungen helfen. Aber das ist uns völlig egal. Denn eines ist ja wohl klar: Herr Grevenbroich ist niemals der Täter – und wir werden das beweisen und den wahren Verbrecher finden!!!
Das Problem ist, dass es zwei harte Fakten gibt, die gegen ihn zu sprechen scheinen:
Die Zeugenaussage eines der Opfer. Die Verkäuferin hat Herrn Grevenbroich angeblich an seinen tiefblauen Augen wiedererkannt, die beim Überfall durch den Sehschlitz der Sturmhaube geblitzt haben sollen. Außerdem hat sie ihm angeblich einen Kratzer an der Hand zugefügt, als sie sich gewehrt hat. Herr Grevenbroich hatte tatsächlich einen langen, blutigen Kratzer am Handgelenk.
Maries Vater hat leider genau innerhalb der Zeitspanne, in der der Raub passiert ist, das Filmset verlassen. Keiner weiß, wo er war und was er gemacht hat. Allerdings hat mir Marie erzählt, dass es eine Erklärung gibt und sogar einen Zeugen. Nur ist dieser leider bislang unauffindbar.
Es sieht also nicht gut aus für Herrn Grevenbroich. Wir haben gleich nachher eine Clubsitzung, bei der wir besprechen, wie wir weiter vorgehen. Wir müssen unbedingt den Zeugen finden, der bestätigen kann, dass Herr Grevenbroich mit ihm zusammen war und keinesfalls zwei Verkäuferinnen in einem Aufzug überfallen hat!

Geheimes Tagebuch von Kim Jülich

Donnerstag, 14:34 Uhr

Dieses Tagebuch gehört Kim Jülich und ist GEHEIM. Es darf von niemandem außer ihr gelesen werden.

Du liest immer noch? Und du fühlst dich *plötzlich so komisch? Deine Augen sehen nicht mehr richtig? Die Schrift wird immer kleiner und kleiner und plötzlich wieder größer?* ***Keine Sorge, in einer halben Minute bist du erlöst. Dann hat das Gift, das auf der Tastatur ist, gewirkt. Und du bist tot.***

Es ist ein ungeschriebenes Gesetz, dass unser Detektivclub das Wichtigste auf der Welt ist und immer vorgeht. Vollkommen klar. Besonders in diesem Fall müssen wir unsere gesamte Energie einsetzen und den Täter finden, damit wir beweisen können, dass Maries Vater unschuldig ist.

Aber ich vermisse Michi so sehr! Jetzt können wir uns erst morgen Abend sehen. Wie soll ich das bitte aushalten?! Ich hätte schon heute Nachmittag mit ihm im Eiscafé sitzen und einen leckeren Schoko-Becher essen können, wenn wir keine Detektivsitzung hätten. Ich mag gar nicht daran denken, wie das alles wird, wenn Michi den Studienplatz bekommt, für den er sich beworben hat. In einer anderen Stadt! Hunderte Kilometer von hier entfernt! Wie oft werden wir uns überhaupt noch sehen?! PANIK. Es ist ja jetzt schon schwierig genug. Hilfe!!! Wie wird das alles bloß werden. TOTALE PANIK.

Kim, jetzt komm mal runter. Noch hat Michi die Zusage ja nicht. Und selbst wenn er sie bekommen sollte, vielleicht will er ja dann gar nicht mehr weg von hier und sagt von sich aus ab? Halt! Wünsche ich mir jetzt etwa, dass er nicht genommen wird? Oder dass er auf etwas verzichtet, was er sich total wünscht?

Nur, damit er hier bei mir bleibt? SCHLECHTES GEWISSEN: Ja. Eigentlich wünsche ich mir das. Aber das darf niemand jemals erfahren. Ich werde Michi gegenüber niemals, niemals, niemals sagen, dass er hierbleiben soll. Wir werden schon eine Lösung finden. Es gibt ja schließlich Züge. Wir können uns doch jederzeit besuchen. Allerdings weiß ich nicht, ob das Zugfahren auf Dauer nicht viel zu teuer wird. Und dann streiken die so oft. Ich will gar nicht daran denken, wie es ist, wenn man sich tierisch auf das Treffen am Wochenende freut, und dann fährt gar kein Zug! Na ja, es gibt ja auch noch diese Fernbusse. Wie teuer die wohl sind? Und, Mist, mir wird es bei längeren Fahrten im Bus immer total schlecht. Oje.
Verdammt!!! Ich höre jetzt sofort auf herumzugrübeln, sonst drehe ich noch total durch. Immer schön eins nach dem anderen, Kim! Also: Es ist gleich drei Uhr, in einer halben Stunde beginnt das Clubtreffen. Du wirst jetzt da hinfahren, dich auf die anstehenden Ermittlungen konzentrieren und einfach auf morgen Abend freuen. Punkt! Oder besser: Ausrufezeichen, Ausrufezeichen, Ausrufezeichen!!!

Kim lehnte ihr Fahrrad an die von Sonne und Wetter gebleichte Bretterwand des Pferdeschuppens. Sie sog den Duft nach Harz und trockenem Moos ein, den das alte Gebäude verströmte. Sofort fühlte sie sich besser. Das hier war wie ein zweites Zuhause, ein Ort, an dem sie sich sicher fühlte und wusste, dass sie, Marie und Franzi ganz unter sich waren. Es war einfach toll, so einen geheimen Ort zu haben, von dem nur sie und ihre Freundinnen wussten.
»Kim, wie schön!«, ertönte es hinter ihr. Franzis Mutter stand

mit einem großen Tablett mitten auf dem Kiesweg, der zum Schuppen führte. »Ich habe einen kleinen Kirschkuchen und ein paar Vanille-Muffins für eure Clubsitzung! Möchtest du das Tablett gleich mitnehmen?«
Das Gebäck duftete himmlisch und Kim lief augenblicklich das Wasser im Mund zusammen. Auch das war ein schlagendes Argument dafür, die meisten ihrer Sitzungen hier abzuhalten: Franzis Mutter betrieb einen erfolgreichen Backservice, bei dem ab und an ein paar Gebäckstücke oder sogar ganze Kuchen und Torten übrig blieben, die sie gerne an die drei !!! weitergab. Kim hatte gerade Frau Winkler begrüßt und war dabei, ihr das Tablett abzunehmen, da erschien Franzis ältere Schwester Chrissie. »Hi, Kim! Na, habt ihr mal wieder eine supergeheime Detektivsitzung?« Sie zwinkerte verschwörerisch, stibitzte sich einen Muffin und verschwand pfeifend in Richtung des Wohnhauses. Gleich darauf erklang lautes Autohupen. Kim erkannte den alten Opel von Franzis Bruder auf der anderen Straßenseite. Stefan kurbelte das Fenster herunter und rief: »Hallo, Kim! Mal wieder zum Detektivtreffen da? Viel Erfolg!« Er ließ den Motor aufheulen und knatterte die Straße runter. Als das Auto um die Ecke gebogen war, fiel Kims Blick auf das Nachbarhaus. Eine ältere Dame hatte sich auf das Fensterbrett gestützt und sah hinaus. Sie winkte Kim zu und rief: »Grüß Gott! Die drei Detektivinnen treffen sich wieder. Seid immer schön vorsichtig!«
Kim nickte freundlich zurück. Sie seufzte. So ganz geheim war der Schuppen mittlerweile dann doch nicht mehr. Aber was die drei Detektivinnen in seinem Inneren besprachen, das war in jedem Fall immer noch *topsecret*!

Sie drückte die Klinke des schmalen Tors, das in den Schuppen führte, mit dem Ellbogen herunter. Vorsichtig bugsierte sie das große Tablett durch die Tür und drückte sie mit dem Knie wieder zu. »Hallo! Jemand da?« Kim sah sich um.
»Komm rein!«, rief Franzi. Sie stand an dem kleinen runden Tisch in der Ecke des Schuppens und verteilte Gläser und Teller darauf. Ein Krug mit Eistee und eine große Schüssel Sahne standen bereits darauf.
»Marie ist noch nicht da«, sagte Franzi. »Schön, dass wenigstens du pünktlich bist.« Sie bemerkte die Kuchenplatte in Kims Händen. »Ach, du hast Mama getroffen, wie praktisch. Hier«, sie rückte die Sahneschüssel ein Stück zur Seite, »am besten stellst du die Sachen gleich auf den Tisch.«
Kim lud das Tablett ab. »Ich glaube, wir müssen uns einen Geheimgang zum Schuppen anlegen, so wie die drei ??? auf ihrem Schrottplatz! Ich bin von deiner Mutter, deinen Geschwistern und einer Nachbarin angesprochen worden – alle wussten, dass ich in unser Hauptquartier gehe.«
Franzi grinste. »Wir sind eben berühmt.«
»Das ist ja schön. Aber ich finde, dass nicht alle Welt wissen muss, wo wir unsere Geheimbesprechungen abhalten.«
»Wir können ja mal überlegen, wo wir einen geheimen Zugang schaffen«, antwortete Franzi. Sie sah auf ihre Uhr. »Wo bleibt Marie bloß?«
»Ich glaube, ihr geht es gar nicht gut«, gab Kim zu bedenken. »Ich habe vorhin nach der Schule kurz mit ihr gesprochen. Sie hat die halbe Nacht kein Auge zugetan, bis ihr Vater endlich nach Hause gekommen ist. Vielleicht hat sie sich noch mal hingelegt und hat verschlafen.«

Franzi legte einen Stapel Servietten auf den Tisch. Sie seufzte. »Ja, da könntest du recht haben.«
In dem Moment wurde die Tür zum Schuppen aufgerissen und Marie stürmte herein. Sie schwenkte eine Kühltasche in der Hand. »Mädels! Es gibt was zu feiern!« Marie war mal wieder top gestylt: Zu ihrer weißen Skinny-Jeans trug sie eine weite, rosafarbene Tunika mit silberner Blümchen-Stickerei am Halsausschnitt, silberne Ballerinas und ein schneeweißes Haarband. Nur wenn man genau hinsah, konnte man erkennen, dass sie ihre blasse Gesichtsfarbe mit zartrosa Rouge und einem Hauch von Lipgloss aufgefrischt hatte. Ihre tiefblauen Augen strahlten. »Papas Zeuge hat sich gemeldet!«
Kim stieß einen erleichterten Seufzer aus. »Was für ein Glück!«
»Das kann man wohl sagen.« Marie ließ sich auf einen der Stühle am Tisch fallen und holte eine Flasche Cola und einen Beutel mit Eiswürfeln aus der Kühltasche. Franzi schob drei Gläser zu ihr hin. Marie verteilte großzügig Eis und schenkte anschließend die Cola ein. Sie hob ihr Glas. »Auf den Blumenhändler!«
Kim und Franzi zogen zwei Stühle heran und setzten sich. Sie sahen Marie verständnislos an.
»Blumenhändler?«, wiederholte Kim ungläubig. Sie hob ihr Glas und stieß mit Marie an.
Marie nippte an ihrer Cola und schluckte. »Blumenhändler.«
Franzi trank einen großen Schluck und stellte ihr Glas schwungvoll ab. »Jetzt mach es doch nicht so spannend. Erzähl schon!« Sie schnitt den Kirschkuchen an und verteilte drei Stücke auf den Tellern.

»Also«, begann Marie. »Papa wollte Tessa gestern Abend nach dem Dreh mit einem romantischen Candlelight-Dinner überraschen und mit ihr das vierwöchige Ehejubiläum feiern. Sie haben doch ihre Hochzeitsreise wegen der Dreharbeiten verschoben und er wollte, dass trotz Arbeit die Romantik nicht zu kurz kommt. Ist das nicht süß?«
»Total!«, sagte Kim und sah verträumt auf ihren Kirschkuchen.
Franzi nickte heftig. »Ich finde es schön, wenn ältere Leute noch romantische Sachen machen!«
Marie seufzte. »Leider ist ja nichts daraus geworden und Papa hat den Abend auf dem Polizeirevier verbracht.« Sie schüttelte den Kopf. »Aber, was ich eigentlich erzählen wollte: Er hat für den romantischen Abend einen großen Strauß roter Rosen in unserem Stamm-Blumengeschäft bestellt. Der Besitzer, Herr Hanuska, hat sie höchstpersönlich zum Kaufhaus gebracht, weil Papa sie Tessa gleich nach dem Dreh überreichen wollten. Die beiden haben sich in der Tiefgarage beim Auto getroffen, damit Tessa nichts mitbekommt.«
Kim schluckte einen Bissen Kirschkuchen herunter. »Deshalb ist dein Vater also nach der Pause weggelaufen.«
»Genau.« Marie griff nach der Kuchengabel. »Und als Papa den Blumenstrauß in den Kofferraum legen wollte, hat er sich an den Rosendornen gekratzt.« Sie pikte ein winziges Stück Kuchen auf. »Er hat das selbst gar nicht bemerkt und ist erst darauf aufmerksam geworden, als die Verkäuferin so ausgeflippt ist.«
Franzi schob den Kuchenteller ein Stück von sich weg. »Ich bin echt froh, dass sich das alles geklärt hat!«

Marie nickte kauend. Sie schluckte. »Zum Glück hat sich Herr Hanuska vorhin endlich gemeldet. Er war den ganzen Morgen auf dem Blumengroßmarkt und hatte sein Handy abgeschaltet. Aber jetzt hat er sofort bestätigt, dass er sich mit meinem Vater getroffen hat.« Sie schüttelte den Kopf. »Trotzdem musste Papa eine Speichelprobe abgeben. Der Kommissar will zur Sicherheit einen DNA-Abgleich mit den Hautresten unter den Fingernägeln der Verkäuferin veranlassen. Das ist doch lächerlich!«
Kim schluckte den letzten Bissen von ihrem Kirschkuchen herunter. »Wahrscheinlich will dieser Cornelius Wengert einfach auf Nummer sicher gehen, weil er Kommissar Peters nur vertritt und keinen Fehler machen möchte.«
Marie schnaubte. »Ich finde es lächerlich! Dann hätte er von jedem, der am Set war, eine Probe verlangen müssen. Genau genommen sind doch alle verdächtig!«
Kim nickte. »Das stimmt.« Sie hielt Franzi ihren leeren Teller hin. »Kann ich bitte noch ein Stück haben? Der Kuchen ist mal wieder fantastisch!«
»Klar«, sagte Franzi. Sie schaufelte Kim ein großes Stück auf den Teller. »Ich sag's meiner Mutter. Sie wird sich freuen!«
Kim nahm einen Bissen. »Danke!«, nuschelte sie. »Also, in der Tat ist jeder, der am Set war, verdächtig. Alle hatten Zugang zum Drehbuch, und, was auch wichtig ist: Jeder kannte den Plan für die Kassen-Abschöpfzeiten, den das Kaufhaus erstellt hatte.«
Franzi riss die Augen auf. »Woher weißt du das denn?«
»Ich habe den Plan in der Teeküche gesehen. Er hing offen neben dem Drehplan aus. Wahrscheinlich, weil sich das Team

daran orientieren musste, um den Geldtransport nicht zu stören. Sowohl die Angestellten des Kaufhauses als auch das Filmteam mussten ja die Aufzüge benutzen.«

Marie strich eine Haarsträhne zurück, die sich über ihr Haarband gelegt hatte. »Das klingt logisch«, sagte sie.

Franzi nickte. »Das heißt also, dass jeder vom Team die Insiderinfos hatte, die nötig waren, um den Überfall erfolgreich auszuführen.«

»Oder um sie an andere Personen weiterzugeben«, fügte Kim hinzu.

Marie hob die Augenbrauen. »Auch das noch, richtig. Dann weiß ich jetzt aber echt nicht mehr weiter.«

Kim biss sich auf die Lippe. »Wir müssen systematisch vorgehen.« Sie rollte mit ihrer Gabel einen Kirschkern auf dem Teller hin und her.

»Wenn es jemand vom Team gewesen ist, dann muss derjenige das Set um den Tatzeitpunkt herum verlassen haben.«

Marie grinste. »Da hätten wir zum Beispiel Kim Jülich.«

Kim verdrehte die Augen und boxte Marie leicht gegen den Arm. Plötzlich wurde sie ernst. »Dass mir das nicht früher eingefallen ist.« Sie richtete sich kerzengerade auf.

»Was ist los?«, fragte Franzi.

»Habt ihr eigentlich gemerkt, dass David gestern mal vom Set weg war?« Kim wuschelte sich aufgeregt durchs Haar.

Marie und Franzi schüttelten die Köpfe.

»Er ist mir in der Spielzeugabteilung begegnet, als ich von den Toiletten kam!« Kim biss sich auf die Lippe. »Er stand plötzlich vor mir und ich habe mich total erschreckt. Und irgendwie hat er ziemlich nervös gewirkt.«

»Das ist mir auch aufgefallen«, sagte Franzi. »Als wir die gefesselte Kassiererin entdeckt haben, ist er völlig panisch geworden und ist über diesen Reflektorschirm gefallen.«
»Ich weiß nicht«, sagte Marie. »In diesem Moment waren doch alle völlig durcheinander und aufgeregt.«
Kim nickte. »Das stimmt schon. Aber irgendwie habe ich ein sehr merkwürdiges Bauchgefühl. Irgendwas stimmt mit diesem David nicht.« Kim schüttelte den Kopf. Sie versuchte sich zu konzentrieren. Es gab da irgendein verschwommenes Bild in ihrer Erinnerung, etwas, das ihr bei David aufgefallen war. Plötzlich war die Erinnerung da:
»Der Kasten mit dem Feuerwehrschlauch!«, rief Kim.
Franzi und Marie sahen sie verständnislos an.
Jetzt sah Kim es genau vor ihrem inneren Auge: Davids Arm, der an den Kasten stieß. Das Gesicht, das er dabei machte: Scheinbar erstaunt, aber auch sehr angespannt und irgendwie schuldbewusst.
»Ich glaube, David hat gestern etwas auf diesem Kasten im Treppenhaus versteckt!« Kim schlug mit der Hand auf den Tisch.
Franzi verstand sofort. »Du meinst, er wollte das Geld, das er bei dem Überfall erbeutet hat, einfach rausschmuggeln, ist dann von der Taschenkontrolle überrascht worden und hat deswegen seine Beute versteckt?«
»Genau das meine ich«, sagte Kim.
»Worauf warten wir dann noch?«, rief Marie aufgeregt. »Wir müssen sofort zum Kaufhaus!«

Zugriff!

Kim sprang vom Fahrrad und schloss es an einem Laternenpfahl neben dem Personaleingang des *Pulitzer* ab. Franzi und Marie stellten ihre Fahrräder daneben. Franzi ließ das Schloss einrasten. Sie nickte Kim anerkennend zu. »Du bist gefahren wie der Teufel! Bei unserer nächsten Fahrradtour solltest du dir unbedingt vorstellen, dass du Beute aus einem Raubüberfall sicherstellen möchtest.«
Kim verdrehte die Augen, aber sie ersparte sich einen Kommentar. Es gab jetzt definitiv Wichtigeres, als sich mit Franzi zu streiten. Sie lief zu der großen Glastür und rüttelte am Griff. Enttäuscht sah sie ihre Freundinnen an. »Das hatte ich befürchtet. Die ist zu.«
»Man braucht eine Codekarte«, sagte Franzi und deutete auf das schmale Kästchen neben der Tür. »Chris hat eine. Leider ist er heute nicht da.«
»Wir können warten, bis jemand rauskommt«, schlug Marie vor.
»Das dauert mir zu lange«, sagte Kim. »Wir gehen vornerum und dann durchs Kaufhaus. Kommt!«
Zwei Minuten später betraten sie das Gebäude durch den Haupteingang. Sie hasteten durch die Vorhalle mit der riesigen Glaskuppel aus buntem Fensterglas, vorbei an den geschwungenen Treppenaufgängen mit den geschnitzten Handläufen und den vielen Kristalllüstern. Kim durchquerte zielstrebig die Parfümerieabteilung im Erdgeschoss und hielt auf den hinteren Teil des Gebäudes zu. »Hier müsste es

zum Treppenhaus gehen, durch das wir gestern gegangen sind.«

Tatsächlich führte eine Glastür neben den Aufzügen ins Treppenhaus. Die drei Detektivinnen eilten zu dem Kasten mit der Aufschrift »Feuerwehr«. Kim stellte sich auf die Zehenspitze und tastete die obere Fläche ab.

»Nichts«, sagte sie nach einer Weile. Sie sah ihre Freundinnen enttäuscht an. »Es wäre auch zu schön gewesen.«

Sie untersuchten die Seiten des Kastens. Auch hier war nichts zu finden, außer ein paar Spinnweben und einer winzig kleinen Spinne, die schnell das Weite suchte.

Kim wischte sich die Hände an ihrer Hose ab. »Entweder hat David das Geld heute Morgen schon abgeholt«, seufzte sie, »oder ich habe mich geirrt und er hat hier gar nichts deponiert.«

Marie zog energisch den Haargummi an ihrem Pferdeschwanz fest. »Wer weiß das schon. Du hast so oft das richtige Bauchgefühl gehabt, Kim. Ich bin dafür, dass wir auf jeden Fall an David dranbleiben.«

Franzi nickte. »Morgen wird der Komparsendreh nachgeholt. Da knöpfen wir uns ihn vor!«

»Einverstanden«, sagte Kim sofort. »Und was haltet ihr davon, wenn wir jetzt gleich versuchen, mit den beiden Verkäuferinnen zu sprechen, die überfallen wurden? Wir können jedes noch so kleine Detail brauchen.«

»Richtig«, sagte Marie. »Habt ihr euch die Namen der beiden gemerkt?«

Kim schüttelte den Kopf. »Nein, Mist. Daran habe ich in der Aufregung gar nicht gedacht.«

»Wir können natürlich durch das ganze Kaufhaus laufen und die beiden suchen.« Marie grinste. »Ich hätte nichts gegen eine kleine Shoppingtour in diesem super Laden!«
Franzi stöhnte. »Bitte nicht! Wenn du mal mit Shoppen anfängst, kommen wir vor Sonnenuntergang hier nicht mehr raus!«
»Der Laden schließt um 20:00 Uhr«, sagte Marie ungerührt. »So viel Zeit bleibt also gar nicht.«
Kim schüttelte den Kopf. »Das dauert doch alles viel zu lange. Ich wüsste jemanden, der uns weiterhelfen kann.«
Marie sah sie fragend an. »Und wer soll das sein?«
»Der Verkäufer in der Spielwarenabteilung«, antwortete Kim. »Ich habe ihn gestern kennengelernt. Er heißt Andreas Mertens.«
Marie grinste. »Dein geheimnisvoller Zeuge also!«
»Genau.« Kim lief die Stufen Richtung Stahltür wieder hoch. »Mal sehen, ob die Aufzüge von der Polizei wieder freigegeben worden sind.«
Die Kabine, in der der Überfall stattgefunden hatte, war immer noch gesperrt, aber die beiden Aufzüge daneben funktionierten. Während sie in den vierten Stock hochfuhren, sah Marie zur Decke hoch. »Es muss echt gruselig sein, wenn da plötzlich jemand durch die Luke kommt! Ich glaube, ich wäre vor Schreck tot umgefallen.«
Franzi sah ebenfalls nach oben und rieb sich die Arme. »Das kannst du laut sagen. Ich bekomme eine Gänsehaut, wenn ich mir das vorstelle.«
Kim zuckte mit den Schultern. »Ich finde es eher beruhigend zu wissen, dass man aus dieser engen Kabine im Notfall

flüchten kann. Dafür ist so eine Deckenluke schließlich auch gut.«
Marie grinste schief. »So kann man es natürlich auch sehen.«
Die Türen öffneten sich und die drei Detektivinnen liefen zur Spielwarenabteilung. Sie war gut besucht. Zehn, fünfzehn Kunden standen an den verschiedenen Regalen und Vitrinen, dazwischen flanierten Erwachsene und Kinder und bestaunten die große Modelleisenbahn-Welt, die süßen Plüschteddybären und die Puppen.
»Da ist er!«, sagte Kim halblaut und zeigte zu einem Regal. Andreas Mertens stand dort mit einer Frau und einem kleinen Jungen. Er führte gerade ein knallrotes ferngesteuertes Rennauto vor.
Die drei Mädchen warteten, bis der Verkäufer sein Gespräch beendet hatte und mit Mutter und Sohn zur Kasse ging. Die Frau bezahlte und der kleine Junge nahm mit strahlenden Augen die Tüte mit dem Auto in Empfang. »Viel Spaß damit!«, sagte Andreas und winkte zum Abschied. Dann sah er Kim. Ein Lächeln erschien auf seinem Gesicht. »Hi! Du schon wieder? Heute findet doch gar kein Dreh statt!«
Kim zuckte mit den Schultern. »Hallo, Andreas! Stimmt, nach dem, was gestern hier passiert ist, wurde der Dreh um zwei Tage verschoben.«
Der Spielzeugverkäufer nickte. »Krasse Sache! Da findet mal ein Überfall statt und ich bekomme nichts davon mit. Ich bin wohl fünf Minuten zu früh gegangen.« Er blickte Kim tief in die Augen und pustete sich eine widerspenstige Haarsträhne aus der Stirn.
Kim versenkte ihre Hände in den Hosentaschen. Sie versuch-

te in sich hineinzuhören. Merkwürdig, gestern hatte Andreas Blick sie ziemlich verwirrt. Heute spürte sie … nichts. Kim entspannte sich. Das war gut. Sehr gut. Sie dachte an Michis tiefgrüne Augen, an sein Lächeln, an die süßen Sommersprossen auf der Nase. Sofort schlug ihr Herz schneller. Jetzt war Kim endgültig beruhigt. Dieser Andreas hatte keinerlei Wirkung mehr auf sie. Gestern mussten ihr wohl einfach die Nerven durchgegangen sein, weil sie vor dem Dreh so angespannt war.

Kim stellte Marie und Franzi vor. Die beiden gaben Andreas die Hand.

»Wir wollten dich fragen, ob du die Namen der beiden Verkäuferinnen kennst, die gestern überfallen wurden«, sagte Kim.

Andreas zog überrascht eine Augenbraue hoch. »Warum wollt ihr das denn wissen?«

»Wir möchten mit den beiden sprechen. Wir sind einfach sehr daran interessiert, dass der Täter gefasst wird, der diesen gemeinen Überfall verübt hat«, sagte Marie. Ihre Wangen färbten sich rosa und ihre Stimme zitterte, als sie weitersprach. »Mein Vater wurde sogar verdächtigt! Zum Glück ist das jetzt vom Tisch.« Marie schluckte. »Aber wir müssen den wahren Täter finden! Und dazu benötigen wir jedes noch so kleine Detail, an das sich die beiden Frauen vielleicht erinnern.«

»Verstehe«, sagte Andreas. Er war sichtlich beeindruckt.

»Wir sind erfahrene Detektivinnen«, fügte Marie jetzt noch hinzu. Sie zog eine ihrer Visitenkarten aus der Hosentasche und reichte sie dem Verkäufer.

Andreas nahm sie verdutzt entgegen und las:

Er fuhr sich durch die Haare. »Wow, toll!«
»Kannst du uns denn die Namen sagen?«, fragte Kim noch einmal.
»Tut mir leid, ich bin noch nicht so lange dabei. Ich kenne nicht alle Mitarbeiter hier.« Andreas hob die Hände und machte ein bedauerndes Gesicht. »Aber ich glaube, dass die beiden in der Abteilung für Abendmoden arbeiten. Dritter Stock, genau unter dieser Abteilung hier. Sicher bin ich mir allerdings nicht.«
Kim nickte. »Das hilft uns schon weiter, vielen Dank!«
Andreas lächelte. »Gerne geschehen. Braucht ihr mich dann noch? Ich müsste nämlich wieder an die Arbeit.«
Kim sah dem Verkäufer noch einmal in die Augen. Wieder spürte sie nichts. Der Zauber war verflogen. Sie atmete erleichtert aus. »Nein. Danke, Andreas. Ich glaube, das war's!«
Die drei Detektivinnen verabschiedeten sich und liefen ein Stück in Richtung der Rolltreppen. »Dann versuchen wir es mal in der Abendmoden-Abteilung«, sagte Kim.

»Warte!«, zischte Marie plötzlich. Sie zog Kim und Franzi hinter einen Drehständer mit Schlüsselanhängern. Er schwankte kurz hin und her und ein paar Anhänger mit kleinen Plüschtieren daran purzelten zu Boden.
»Was ist los?«, flüsterte Franzi. Sie sammelte ein Nilpferd, einen Elefanten und einen Affen auf und hängte sie zurück.
»Da vorne steht David!«, sagte Marie leise. »Bei der Modelleisenbahn.«
Kim lugte vorsichtig hinter der Säule hervor. Tatsächlich. Da vorne stand der Lichttechniker und sah auf die Gleisanlage mit den Miniaturzügen inmitten einer beeindruckend echt wirkenden Mini-Landschaft aus grünen Hügeln, bunten Häusern, Bahnhöfen und vielen kleinen Miniaturmenschen. Er trat etwas näher an die Anlage heran und schien etwas zu suchen. Dann zog er sich ein Stück zurück, sah sich um und kratzte sich am Kopf. Ein kleines Mädchen stellte sich dicht an die Anlage und beobachtete interessiert eine kleine Dampflok mit Anhänger. David trat noch weiter zurück.
»Was macht er hier?«, zischte Kim. Sie zog sich wieder hinter die Säule zurück. »Das kann doch kein Zufall sein!«
»Er geht weiter. Los, hinterher«, sagte Franzi. »Vielleicht hat er die Beute hier versteckt und wartet auf eine günstige Gelegenheit, um sie mitzunehmen!« Sie zog Marie mit sich.
Plötzlich spürte Kim, dass jemand hinter ihr stand. Sie fuhr herum – und erblickte zwei kleine Jungs. Sie grinsten Kim an und entblößten dabei je eine große Zahnlücke.
»Was macht ihr da? Spielt ihr Verstecken?«, lispelte der eine und pustete sich eine blonde Haarlocke aus der Stirn.

Kim schüttelte den Kopf. »Quatsch, wir haben uns nur die Schlüsselanhänger angeguckt.«
Der Junge grinste weiter. »Stimmt ja gar nicht!«, krähte er.
»Ich muss los!«, sagte Kim knapp und drängte sich an den beiden vorbei. Aus dem Augenwinkel sah sie, dass Andreas plötzlich bei den beiden stand und sie ansprach. Kim atmete erleichtert auf. Diese Nervensägen war sie los. Zwei neugierige kleine Jungs waren das Allerletzte, was sie jetzt gebrauchen konnte. Sie lief ihren Freundinnen hinterher.
»Wo bleibst du denn?«, fragte Franzi ungeduldig. Der Lichttechniker hatte die Rolltreppe nach unten betreten und war schon fast im dritten Stockwerk angelangt. Er sah gedankenverloren vor sich hin. Dann schlug er den Weg zur Damenwäsche-Abteilung ein. Die drei !!! folgten ihm unauffällig.
»Hat er hier die Beute versteckt?«, fragte Marie. Sie lächelte schief. »Zwischen Unterhosen und BHs?«
»Vorsicht, er hat sich umgedreht«, zischte Kim. Sie zog Marie hinter eine Umkleidekabine. »Er darf uns nicht sehen!«
Aber Kims Bedenken waren unnötig: Der Lichttechniker schien völlig in Gedanken versunken zu sein und nichts um sich herum wahrzunehmen. Langsam ging er weiter durch die Unterwäsche-Abteilung. Aber vielleicht war gerade das eine raffinierte Ablenkung, die David inszenierte, dachte Kim. Womöglich wollte er Verfolger in die Irre führen, sie abschütteln und sich dann seine Beute schnappen. Das würde bei den drei !!! aber nicht funktionieren! Sie folgten dem Lichttechniker beharrlich weiter. Das Kaufhaus war gut besucht und sie konnten sich leicht hinter den Gruppen von flanierenden Menschen verbergen.

Es ging von der Unterwäscheabteilung weiter zur Herrenoberbekleidung. Dort betrachtete David lange eine Lederjacke, um sich schließlich einem Ständer mit Mützen im Eisenbahner-Stil zuzuwenden und dann einen Aktionstisch mit herabgesetzten Sportsocken anzusehen.
Marie seufzte. »Lange halte ich das nicht mehr aus.«
»Geduld!«, sagte Kim. »Ein guter Detektiv gibt nie auf.«
Sie folgten David weiter und lernten dabei beinahe das gesamte Kaufhaus kennen: Von der Herrenabteilung ging es in die Damenabteilung, dann ein Stockwerk weiter runter zu den Schreibwaren. Hier begutachtete David ein Set mit goldenem Füllfederhalter und passendem Kugelschreiber, um dann weiterzuschlendern und die Rolltreppe runter zur Lebensmittelabteilung zu nehmen.
Jetzt wurde auch Franzi ungeduldig. »Langsam glaube ich, dass der Typ einfach nichts im Leben zu tun hat und sich die Zeit in Kaufhäusern vertreibt.«
Kim schüttelte energisch den Kopf. »Bestimmt nicht! Leute, ich sage euch, der hat was vor.« Sie zog ihre Freundinnen hinter ein Regal mit Weinflaschen. »Es fragt sich nur, was das ist.«
David wurde von einem Verkäufer angesprochen, der ihm eine Weinprobe anbot. Er lehnte dankend ab und lief schnell weiter. Die drei Detektivinnen verloren ihn kurz aus den Augen, als er hinter einem großen Deko-Weinfass verschwand. Zum Glück tauchte er Sekunden später wieder auf. »Er geht mal wieder zur Rolltreppe«, stellte Kim fest. Sie folgten ihm mit großem Sicherheitsabstand. Allerdings mussten sie jetzt sehr darauf achten, ihre Zielperson nicht aus den Augen zu

verlieren. Der Lichttechniker lief schneller und überholte ein Paar, das auf der Treppe stand.
»Was ist denn jetzt los«, zischte Kim. »Wieso hat er es auf einmal so eilig?«
»Vielleicht hat er eine Verabredung?« Franzi zuckte mit den Schultern.
Sie folgten David weiter, der wieder das oberste Stockwerk anzustreben schien. Er eilte weiter – geradewegs in die Spielwarenabteilung zurück. Dort blieb er erneut vor der Eisenbahnlandschaft stehen.
Kim, Franzi und Marie wechselten einen erstaunten Blick. Sie zogen sich hinter die Säule mit den Plüschanhängern zurück und behielten den Lichttechniker weiter im Auge.
David sah sich unauffällig um. Außer ihm war niemand in der Nähe der Anlage. Andreas stand mit drei Kindern am anderen Ende der Abteilung und zeigte ihnen Fußbälle.
Plötzlich schnellte Davids Hand nach vorne, griff nach etwas auf der Eisenbahnanlage und verschwand wieder blitzschnell in der Hosentasche.
Marie krallte sich an Kims Arm fest. »Habt ihr das gesehen?«
Kim nickte. »Er hat etwas eingesteckt.«
»Los!«, rief Franzi. Sie riss Marie und Kim mit sich. »Zugriff!«
Zu dritt stürzten sie auf David zu. Der stieß einen erschreckten Laut aus.
Kim wollte gerade loslegen, da ertönte hinter ihr eine strenge Stimme: »Junge Dame, was haben wir denn vor?«
Kim schnellte herum. Vor ihr stand ein mittelgroßer, vielleicht dreißigjähriger Mann in einer sandfarbenen Jacke,

Jeans und dunklen Turnschuhen. Mittelbraunes, halblanges Haar umrahmte sein blasses Gesicht. Er sah Kim aus wässrigen Augen an und hielt ihr einen Ausweis vor. »Ich bin der vom Kaufhaus *Pulitzer* beauftragte Ladendetektiv«, sagte er leise. »Wir haben eine Unstimmigkeit zu klären.«

»Wie bitte?« Kim war wie vom Schlag getroffen. »Was für eine *Unstimmigkeit*?!« Sie dachte kurz nach, dann fiel bei ihr der Groschen. »Sie wollen sagen, dass ich etwas gestohlen habe?«

Der Mann nickte. »Ich beobachte euch jetzt schon über eine halbe Stunde, wie ihr durch das Kaufhaus streift, ohne zu bezahlen. Darf ich euch bitten, mir ins Büro zu folgen?«

»Aber warum sollen wir bezahlen?«, rief Marie. »Vor allen Dingen: was?! Wir haben ja nichts genommen!« Sie starrte den Kaufhausdetektiv völlig verdattert an.

»Und was ist das hier?«, fragte der Mann spitz.

Das Geständnis

Er deutete auf Kims Rücken und machte ein vorwurfsvolles Gesicht. Marie und Franzi sahen hin. Marie riss die Augen auf. »Du hast da einen Elefanten!«

Franzi nickte. »Einen hellblauen Elefanten.«

»Bitte was?« Kim verstand gar nichts mehr. Sie versuchte, über die Schulter auf ihren Rücken zu sehen. Aber das klappte nicht. Schließlich tastete sie mit beiden Händen hinter sich. Sie fühlte etwas Kleines, Plüschiges zwischen den Fingern. Das konnte doch nicht wahr sein! In einigen Metern Entfernung stand ein ovaler Spiegel, der zu einem Puppenschminkset gehörte. Kim lief hin und stellte sich mit dem Rücken davor. Als sie ihr Spiegelbild sah, stieg ihr schlagartig die Röte ins Gesicht. An ihrem Gürtel hing tatsächlich ein kleiner hellblauer Plüschelefant. Am Rüssel des Tiers baumelte ein leuchtend gelbes, weithin sichtbares Preisschild.

Der Ladendetektiv folgte Kim und steckte seinen Ausweis wieder ein. »Wir klären das am besten in meinem Büro.«

»Ich weiß wirklich nicht, wie der dorthin gekommen ist!« Kim versuchte verzweifelt, den Anhänger zu lösen. Aber der Karabiner hatte sich fest in dem geflochtenen Ledergürtel verhakt.

»Ist das peinlich«, flüsterte Kim. Sie bemerkte, dass einige Kunden stehen geblieben waren und neugierig zu ihr rübersahen. Zwei Frauen tuschelten. Kim wäre am liebsten im Erdboden versunken.

»David ist weg!«, rief Franzi plötzlich.

»Verdammter Mist, er hat sich aus dem Staub gemacht.« Marie sah sich hektisch nach allen Seiten um.
»Kein Ablenkungsmanöver«, sagte der Ladendetektiv laut. »Ihr kommt jetzt sofort mit ins Büro!«
Kim überlegte fieberhaft. Sollten sie dem Mann sagen, dass sie David verfolgt und wahrscheinlich beobachtet hatten, wie er die versteckte Beute vom gestrigen Überfall geholt hatte? Franzi und Marie schienen das Gleiche zu überlegen. Sie sahen Kim hilflos an.
In diesem Moment zweifelte Kim plötzlich an ihrer Theorie. Hatte David vorhin an der Eisenbahn denn wirklich das erbeutete Geld eingesteckt? Es mussten mehrere dicke Geldbündel sein. Hätten diese seine Hosentasche nicht weit ausgebeult? Soweit sich Kim erinnerte, war das nicht der Fall gewesen. Sie seufzte.
»Können wir dann?« Der Kaufhausdetektiv hatte die Arme vor der Brust verschränkt und wippte auf den Schuhsohlen vor und zurück.
Marie klopfte Kim aufmunternd auf die Schulter. »Ich bin dafür, dass wir mitgehen und die Sache aufklären. Das ist doch lächerlich!«
Kim nickte.
»Wartet!«, rief Franzi. Sie schnippte mit dem Finger. »Ich glaube, ich weiß, wie der Elefant an Kims Gürtel geraten ist!« Sie sah den Detektiv ernst an. »Bitte lassen Sie uns etwas ausprobieren.«

Eine Stunde später saßen die drei !!! im *Café Lomo.* Kim nahm einen Schluck von ihrem *LICK*, der eisgekühlten Sommervariante des *Kakao Spezial.* Sie hielt sich das kalte Glas vorsichtig an die immer noch roten Wangen und murmelte: »Ich bin so froh, Franzi, dass du den Detektiv davon überzeugen konntest, dass alles ein Missgeschick war. Er war ja drauf und dran, meine Eltern anzurufen und mir ein Hausverbot zu verpassen.«

Marie nickte Franzi anerkennend zu. »Das war echt genial von dir!« Sie zupfte ein Stück von ihrem Donut ab und steckte es sich in den Mund. »Ich wäre nicht auf diese Idee gekommen!«, nuschelte sie.

Franzi tunkte gedankenverloren das Vanilleeis in ihrem *LICK* mit dem Löffel unter. »Ich habe mich einfach daran erinnert, dass wir uns am Anfang unserer Beobachtungsaktion hinter diesem Drehständer mit den Tier-Anhängern versteckt haben. Und dass die Dinger bei der leichtesten Berührung von der Stange gerutscht sind.«

»Aber es war genial von dir, die Situation vor Ort nachzustellen«, rief Kim. »Ich habe zuerst gar nicht verstanden, warum du mich zu dem Ständer gezerrt hast und ich mich mit dem Rücken dagegenstellen sollte.« Kim sog an ihrem Strohhalm und drehte ihn zwischen den Fingern hin und her. »Prompt hing der Elefant schon wieder an meinem Gürtel. Ich bin so ungeschickt! Wenn mir das nicht passiert wäre, hätten wir nicht so viel wertvolle Zeit verloren – und David wäre uns nicht entkommen!«

»Du hattest eben einfach Pech«, sagte Marie sofort. »Das hätte jeder von uns passieren können.«

»Ja, vielleicht. Trotzdem ärgert es mich ohne Ende, dass David jetzt vorgewarnt ist«, antwortete Kim. Sie knüllte die

Papierserviette vor sich zusammen und warf sie auf ihren leeren Teller. »Womöglich ist er schon mit der Beute über alle Berge.«
»Bist du dir wirklich sicher, dass er das Geld von dem Überfall dort bei der Eisenbahn eingesteckt hat?« Marie machte ein skeptisches Gesicht. »Ich habe mir nämlich überlegt, dass das ein ziemlich großes Päckchen sein müsste. Das hätte uns doch auffallen müssen.«
»Stimmt«, gab Kim zu. »Das habe ich mir auch schon gedacht. Und trotzdem ist was faul an dem Typ. So geschockt, wie er reagiert hat, als wir ihm plötzlich gegenüberstanden!«
Marie nickte nachdenklich.
Franzi räusperte sich. »Es gibt übrigens noch ein merkwürdiges Detail, über das ich mit euch sprechen wollte.«
»Was meinst du?«, fragte Kim.
»Der Verschluss von dem Karabinerhaken war zugeschnappt.«
»Welcher Verschluss?« Kim stand vollkommen auf dem Schlauch.
Franzi zog die Stirn in Falten. »Der Verschluss von dem Anhänger. Als ich den Elefanten von deinem Gürtel abgemacht habe, um ihn für das Experiment wieder an den Ständer zu hängen, habe ich bemerkt, dass der Haken nicht einfach nur dran hing – der Verschluss war wieder zugeknipst. Wie gut, dass der Ladendetektiv das nicht gesehen hat! Sonst wäre es schwierig geworden mit meiner Erklärung …«
Marie schien ein Licht aufzugehen. »Du meinst, dass es kein dummer Zufall war, sondern dass jemand den Anhänger an Kims Gürtel *absichtlich* befestigt hat?«
»Genau das meine ich.«

Kim starrte ihre Freundinnen an. »Wie? Was? Absichtlich? Wieso das denn?«
Franzi musste lachen. »So ratlos habe ich dich ja noch nie erlebt!«
»So etwas ist mir ja auch noch nie passiert«, gab Kim zurück. »Ich verstehe überhaupt nichts mehr.« Sie winkte der Kellnerin und bestellte einen Schoko-Muffin. »Jetzt hilft nur noch erhöhte Zuckerzufuhr.«
In dem Moment klingelte Maries Handy. Sie sah auf das Display. »Unbekannte Nummer«, murmelte sie und nahm das Gespräch an. Ihr Gesicht wurde sofort ernst. »David? Du bist es? Hallo!«
Kim und Franzi sahen Marie alarmiert an.
Sie drückte die Lautsprechertaste. »Ja, ähm, ich habe deine Nummer von Tessa«, war Davids Stimme zu hören. »Ich, also, ich wollte mich melden, weil es mir keine Ruhe lässt.«
»Aha.« Marie räusperte sich. »Was lässt dir denn keine Ruhe?«
»Also, die Begegnung vorhin im *Pulitzer* mit dir und deinen Freundinnen, meine ich.«
»Das war schon merkwürdig«, sagte Marie vorsichtig.
»Ich wollte nur sagen, also, dass Kim da was geklaut hat, finde ich überhaupt nicht schlimm, ich werde bestimmt nichts sagen …«
»Hör mal!«, rief Kim verärgert dazwischen. »Ich habe nichts gestohlen!«
»Sind Kim und Franzi gerade bei dir?«, fragte David.
»Ja, sie hören mit«, informierte ihn Marie. »Du hast mich tatsächlich angerufen, nur um mir zu sagen, dass du es nicht schlimm findest, dass Kim klaut?!«

»Ja, also, ich verstehe das sogar total. Ich wollte nur wissen, was ihr gesehen habt.« Davids Stimme zitterte. »Ist euch etwas aufgefallen?«
Marie sah Kim und Franzi fragend an.
Kim schüttelte den Kopf und flüsterte: »Sag nichts. Frag ihn, ob er hierherkommen kann.«
Marie nickte. »David«, sagte sie, »ich glaube, es wäre gut, wenn wir persönlich miteinander sprechen. Kannst du ins *Café Lomo* kommen?«
Einige Sekunden herrschte Schweigen am anderen Ende der Leitung. Kim befürchtete schon, dass David einfach auflegen würde. Doch dann erklang seine Stimme: »Gut, ich bin in einer Viertelstunde da.«
Marie verabschiedete sich und legte das Handy weg. »Leute, was war das denn eben?«
Kim nahm den Teller mit dem Muffin entgegen, den die Kellnerin gerade brachte. Sie stellte ihn vor sich ab. »Wir werden hoffentlich bald mehr wissen. Auf jeden Fall ist das doch ein echter Glücksgriff.« Sie biss ein großes Stück von ihrem Muffin ab und nuschelte: »Wann hat sich denn schon mal ein Verdächtiger freiwillig bei uns gemeldet?«
»Das stimmt allerdings«, sagte Franzi.
Kim kaute genüsslich und leckte sich die Finger ab. Plötzlich schoss ihr ein Gedanke durch den Kopf. »Die beiden Jungs!«, rief sie aus.
»Wie bitte?«, wollte Marie verwirrt wissen. »Welche Jungs?«
»Da standen zwei kleine Knirpse bei dem Drehständer mit den Schlüsselanhängern.« Kim trommelte mit den Fingern auf der Tischplatte. »Die beiden sahen ziemlich unterneh-

mungslustig aus und haben mich auch noch frech angequatscht. Ich glaube, die haben mir den Elefanten angehängt!«

»Das ist ja ein Ding«, sagte Marie.

»Wenn ich die beiden irgendwo noch mal sehe, dann setzt es was! Ich glaube, ich kriege langsam eine Allergie gegen Jungs!«

»Das wird Michi aber nicht gerne hören«, warf Franzi grinsend ein.

Kim lächelte. »Ich meinte natürlich nur *kleine Jungs*!«

»Da kommt übrigens David«, sagte Marie halblaut.

Kim reckte den Hals. »Jetzt bin ich aber gespannt, was er uns zu sagen hat.«

Der schlanke junge Mann stand in der Nähe der Bar und sah sich suchend um. Das Café war gut besucht und er entdeckte die drei !!! im hinteren Bereich nicht. Franzi stand auf und winkte.

David fuhr sich nervös durchs Haar und nickte. Er schlängelte sich zu ihrem Tisch durch.

»Hi!«, sagte er mit belegter Stimme. Sein Blick irrte zwischen Boden und Tisch hin und her. »Ich muss dringend mit euch sprechen!«

»Setz dich doch erst mal«, bot Marie an. Sie zog einen Stuhl zurück und deutete darauf.

Der Lichttechniker nahm Platz. Sein Gesicht war angespannt. Er biss sich auf die Lippe. »Ich halte das nicht mehr aus. Seit zwei Stunden fürchte ich, dass mein Telefon klingelt und ich eine Anzeige bekomme.« David machte eine Pause. Er ließ den Kopf hängen. Dann fuhr er fort: »Ich halte das nicht mehr aus. Ich hätte das nie tun dürfen. Ich weiß nicht, was in mich gefahren ist.«

Kim setzte sich kerzengerade auf.

David warf ihr einen flehenden Blick zu. »Ihr scheint bis jetzt nichts gesagt zu haben. Bitte verratet mich auch weiterhin nicht! Du weißt ja selber, wie das ist, Kim …«

»Ich glaube, du spinnst!«, unterbrach Kim ihn. »Das ist ja nicht zu fassen!« Sie holte tief Luft. Dann zischte sie wütend: »Erstens: Ich habe keinesfalls etwas gestohlen! Zweitens: Du kannst doch einen bewaffneten Raubüberfall nicht mit einem Diebstahl vergleichen. Drittens: Mit einer Anzeige wirst du nicht davonkommen. Für das, was du getan hast, kommst du ins Gefängnis!«

David zuckte zusammen. »Wovon sprichst du eigentlich?«

»Davon, dass du die beiden Verkäuferinnen überfallen und die Tageseinnahmen des Kaufhauses gestohlen hast!«

Jetzt wurde David sauer. »Was sagst du? Ich überfalle doch keine Leute! Wie kommst du denn auf so eine Idee?«

Kim sah David verdattert an. »Aber was hast du dann gemacht? Was musst du uns sonst unbedingt sagen?«

»Aber das habt ihr doch gesehen!« David kratzte sich an der Nase. »Oder warum seid ihr wie ein Sonderkommando auf mich zugestürmt? Und zwar genau in dem Moment, als ich das Krokodil eingesteckt habe?«

Kim schnappte nach Luft. Sie musste sich verhört haben. »Du hast *was* eingesteckt?«

»Das Krokodil, also diese Lok, die tolle ROCO 93534.«

Kim blieb der Mund offen stehen. Auch Marie und Franzi brachten kein Wort über die Lippen.

Kim fasste sich als Erste wieder. »Du hast eine … *Modelleisenbahn* geklaut?!«
David nickte. »Ja.« Er zog einen kleinen Gegenstand aus seiner Hosentasche hervor und legte ihn auf den Tisch. Es war eine kleine, dunkelgrüne Miniatur-Lok. »Das ist sie.« Beinahe zärtlich sah David das Spielzeug an.
»Das muss ich jetzt erst mal sacken lassen«, murmelte Marie.

Detektivtagebuch von Kim Jülich
Donnerstag, 21:14 Uhr
Mein detektivisches Bauchgefühl hat sich als richtig erwiesen – zumindest ansatzweise. Der Lichttechniker David Kern hat zwar nicht den Überfall im Kaufhaus Pulitzer *verübt, aber er hat dort in der Spielzeugabteilung zwei Diebstähle begangen. Das hat er uns gegenüber heute gestanden. Es ist schon erstaunlich, was scheinbar erwachsene Menschen so alles treiben. Ich habe ja von Anfang an geahnt, dass irgendetwas faul mit David ist, aber dass er passionierter Modelleisenbahner ist und teure Miniatur-Loks klaut, weil er zu wenig Geld hat, das hätte ich wirklich nicht vermutet. David hat die Eisenbahnanlage beim Dreh am Mittwoch in der Spielwarenabteilung des Kaufhauses* Pulitzer *gesehen. Er konnte nicht widerstehen und hat in einem unbeobachteten Moment eine der kleinen Loks eingesteckt. Er wollte damit bei einem Modelleisenbahner-Treffen angeben. Total verrückt, oder? Das absolut Verrückteste ist aber, dass ich David dann später, als die Taschenkontrolle durchgeführt wurde, tatsächlich dabei gesehen habe, wie er die Lok auf dem Kasten mit dem Schlauch versteckt hat, damit die Polizei sie nicht bei ihm findet.*

Heute hat er die Lok dann abgeholt (und zwar keine halbe Stunde bevor wir da waren und an dem Kasten nachgesehen haben!). Danach ist er wie magisch angezogen und ferngesteuert wieder in die Spielwarenabteilung gegangen. Er sagt, es sei wie eine Sucht gewesen. Er wollte unbedingt noch eine zweite Lok mitnehmen, hat aber versucht, sich zu beherrschen. Er ist durch das ganze Kaufhaus gelaufen und hat immer wieder überlegt, ob er einen zweiten Diebstahl wagen soll oder lieber nicht. Schließlich hat die Gier gesiegt und er hat ein weiteres Mal zugeschlagen. Dabei haben wir ihn dann erwischt. Allerdings konnten wir David in dem Moment nicht festsetzen, weil es einen kleinen Zwischenfall gab und wir aufgehalten wurden. Später hat sich David jedoch von selbst bei uns gemeldet. Er bereut mittlerweile seine Tat total. Er hat uns angefleht, ihn nicht zu verraten, weil er Angst hat, dass er dann eine Anzeige und Hausverbot im Pulitzer *bekommt, nicht beim Dreh dabei sein kann und womöglich seine Arbeit als Lichttechniker beim Fernsehen verliert. Klar, das wäre eine Katastrophe für ihn – aber das hätte er sich auch mal vorher überlegen können!!!*
David hat hoch und heilig versprochen, dass er nie wieder etwas stehlen wird, und er hat vorgeschlagen, dass er die beiden Loks heimlich wieder zurückstellt. Wir mussten eine ganze Weile auf ihn einreden und Überzeugungsarbeit leisten, bis er eingesehen hat, dass das nicht ausreichend ist! Er wird sich jetzt selbst stellen und der Geschäftsführung des Kaufhauses gestehen, dass er etwas gestohlen hat. Ich glaube, dass in diesem Fall keine Anzeige gestellt oder ein Hausverbot erteilt wird, sondern nur eine Verwarnung ausgesprochen wird. Ich hoffe es jedenfalls für David, denn eigentlich tut er mir schon leid – er ist wirklich völlig

fertig. Aber, wie gesagt, das hätte er sich alles vorher überlegen sollen!
Wir haben viel Zeit mit der unnötigen Observation vertan und sind in unserem richtigen Fall keinen Schritt weitergekommen. Das ist echt ärgerlich! Ich hoffe sehr, dass uns ein Gespräch mit den beiden Opfern des Überfalls irgendwie voranbringt. Wir treffen uns morgen nach der Schule im Kaufhaus und werden die beiden Damen befragen.

Ein explodierter Heißluftballon

Kim sprang vom Rad und wischte sich die Schweißperlen von der Stirn. Sie war irrsinnig schnell gefahren, trotzdem war sie fast eine Viertelstunde zu spät für das Treffen mit Marie und Franzi dran. Und an allem waren die Zwillinge schuld!
Ihre Freundinnen lehnten an dem Container, den die Filmfirma aufgestellt hatte. Das Absperrband der Polizei war inzwischen entfernt worden. Franzi verschränkte die Arme vor der Brust und musterte Kim vorwurfsvoll. »Ich habe mich so beeilt und bin extra nur die kurze Tour mit Benni und Leonhard gefahren, damit ich pünktlich bin. Und jetzt kommst du zu spät!«
Kim beugte sich vor und rang nach Luft. »Es tut mir leid!« Sie atmete noch ein paar Mal tief ein und aus. Dabei nahm sie sich vor, Franzi demnächst mal auf ihr Liebesleben anzusprechen. Benni und Leonhard waren uralte Skaterfreunden von Franzi. Mit Benni war sie sogar mal eine Zeit lang zusammen gewesen. Lief da vielleicht wieder etwas? Hatte Franzi vielleicht doch genug von ihrem Singledasein, von dem sie immer schwärmte? Kim richtete sich auf. Jetzt musste sie erst einmal erklären, warum sie zu spät dran war:
»Es gab ziemlichen Ärger bei uns zu Hause – wegen Lukas und Ben.«
Ihre Freundinnen nickten wissend. »Die zwei Radaubrüder mit ihrem Höllenhund«, sagte Marie grinsend. »Haben sie wieder mal nicht auf Pablo aufgepasst und er hat den Garten von eurem Nachbarn durchwühlt?«

»Sag nichts gegen Pablo«, warf Franzi ein. »Der Hund ist super intelligent, er bräuchte bloß ein bisschen mehr Erziehung.«
»Wem sagst du das«, murmelte Kim. »Nein, den Ärger mit Herrn Poschke gab es schon vor zwei Tagen. Heute war es etwas anderes.« Kim zog einen Zettel aus ihrer Hosentasche. Sie glättete das Papier und hielt es Franzi und Marie hin.
»Was ist das denn?« Marie kniff die Augen zusammen. »Das sieht ja aus wie mit einer uralten Schreibmaschine geschrieben!«
Kim nickte. »Genau das ist es auch. Ich habe den Zwillingen verboten, an meinen Computer zu gehen. Also haben sie sich Omas Schreibmaschine vom Dachboden geholt, um diesen *Flyer* zu schreiben.«
»Für was denn?«, fragte Franzi. Sie nahm den Zettel und las die Überschrift vor:
»Nur hier bei Peter Jülich – Weltbeste Kuhgucksuhren!«
Marie brach sofort in schallendes Gelächter aus.
»Was sind denn bitte *Kuhgucks*–« Franzi hielt kurz inne, dann verstand sie. »Sie meinen *Kuckucksuhren*! Das soll Werbung für das Geschäft deines Vaters sein!« Jetzt konnte auch sie nicht mehr an sich halten und kicherte los.
Kim nickte. »Eine Schreibmaschine hat leider kein Korrekturprogramm.« Sie machte ein Gesicht, als hätte sie gerade in eine Zitrone gebissen. »Ben und Lukas haben hundert Kopien gemacht und sie in den Briefkästen der gesamten Nachbarschaft verteilt. Echt super.«
Marie wischte sich eine Lachträne aus den Augen. »Was hat denn dein Vater dazu gesagt?«

»Zuerst war er einfach nur sauer. Es war ihm schon ziemlich peinlich. Auf den Flyern steht immerhin unsere volle Adresse, die Festnetznummer und seine Handynummer.« Kim zuckte mit den Schultern. »Aber dann hat er es doch nett von den beiden gefunden. Sie wollten ihm ja nur helfen, Werbung zu machen.« Sie kratzte sich an der Nase. »Leider war das aber nicht alles.«

Marie und Franzi sahen Kim neugierig an. »Was haben die beiden denn noch angestellt?«, wollte Marie wissen.

Kim seufzte. »Sie haben auch noch ein *Werbebanner* gebastelt.«

Franzi zwinkerte. »Alle Achtung, da haben sich deine Brüder aber viel Mühe gegeben!«

»Geht so«, sagte Kim leise. »Sie haben drei alte Bettlaken aneinander genäht, mit einem Pinsel die Werbebotschaft draufgemalt und das Ganze an der Hauswand befestigt.«

Marie fing wieder an zu lachen. »Ich ahne Schlimmes: *Kuhgucksuhren* in Riesengroß«, japste sie. »Das sieht bestimmt göttlich aus!«

»Ja«, antwortete Kim gedehnt. »Es kommt aber noch besser.« Sie seufzte. »Weil die beiden eine echte Sauklaue haben, sah das letzte U mehr wie ein O aus. Sie haben also Werbung für weltbeste Kuhgucks*ohren* gemacht.« Kim zog die Stirn in Falten. »Peinlicher geht's wohl nicht!«

Marie und Franzi glucksten erneut los. »Ich find's witzig«, meinte Franzi schließlich.

»Das Problem war nur, dass Ben und Lukas sich wirklich *echt viel Mühe* mit der Befestigung gegeben haben. Sie haben dutzende von Leisten, meterweise Schnur und hunderte von Kabelbindern verwendet, um alles wind- und wetterfest zu machen. Es hat über eine Stunde gedauert, bis wir das Banner endlich von der Hauswand weghatten.« Kim seufzte. »Die Zwillinge waren natürlich mal wieder beim Fußballtraining und Mama hatte eine Schulkonferenz. Papa wollte diese Bettlaken aber ganz schnell loswerden. Also musste ich ihm helfen. Deshalb bin ich zu spät gekommen!«

Franzi klopfte Kim auf den Rücken. »In diesem Fall bist du entschuldigt!« Sie gab Kim den Flyer zurück.

»Da bin ich aber froh«, sagte Kim und knüllte das Papier zusammen. »Jetzt will ich endlich in unserem Fall vorankommen!« Sie beförderte den Papierball in einen Abfalleimer. »Hoffentlich können uns die beiden Verkäuferinnen ein paar Details berichten, die weiterhelfen.«

Marie nickte. »Wenn diese dunkelhaarige noch einmal von meinem Vater anfängt, dann bekommt sie es mit mir zu tun!«

Kim sah Marie ernst an. »Das wäre, glaube ich, keine gute Idee. Ich kann dich schon verstehen. Aber es wäre gut, wenn du dich beherrschen könntest, damit wir möglichst viele Details erfahren.«

Marie warf ihre Haare über die Schulter. »Ich versuche es. Aber ich kann für nichts garantieren.«

Kim seufzte. »Na, dann mal los.«

Sie folgten dem Tipp, den ihnen Andreas netterweise gegeben hatte, und steuerten die Abendmoden-Abteilung im dritten Stock des Kaufhauses an. Noch auf der Rolltreppe stehend, stieß Marie plötzlich einen spitzen Schrei aus. Sie deutete hektisch nach vorne und lief das letzte Stück der Treppe in einem irren Tempo hoch. »Ich glaube es nicht!«

Kim und Franzi hetzten hinterher. Sie warfen sich einen beunruhigten Blick zu. »Hast du die Verkäuferin gesehen?«, rief Kim. »Reg dich bitte nicht auf! Bloß immer ruhig bleiben, hörst du?«

Marie blieb wie angewurzelt stehen.

»Was ist denn los?«, fragte Kim irritiert.

Die Schaufensterpuppe neben ihr, die in ein Seidenkleid mit einem überdimensionierten ballonartigen Rock gehüllt war, schien Marie ebenso verwundert anzusehen.

»Hast du etwas Verdächtiges entdeckt? Wird wieder jemand überfallen?« Kim sah sich nach allen Richtungen um. Aber sie konnte nichts Besonderes erkennen. Alles war völlig friedlich. Kundinnen schlenderten entspannt zwischen den Ständern mit den verschiedenen Kleidern, Röcken und Blazern herum. Der dicke rote Teppichboden dämpfte jedes Geräusch, nur dezente klassische Musik war im Hintergrund zu hören. Eine junge Frau führte ihrem Begleiter gerade ein wunderschönes Abendkleid vor. Sie drehte sich mit erhobenen Armen um die eigene Achse, sodass der Chiffon-Rock sich weit flatternd ausstellte.

»Sag schon, was ist denn los?«, fragte Franzi ungeduldig.

Marie starrte stumm auf die Schaufensterpuppe. Ihr Atem ging stoßweise. Dann sagte sie feierlich: »Das ist ein Kleid von *Mariano Cazziano*!«

Franzi klappte der Mund auf. Sie blinzelte Marie an und klappte den Mund wieder zu. »Du hast jetzt eben allen Ernstes einen Schrei losgelassen, als wäre gerade jemand tot umgefallen, nur weil du ein *Kleid* gesehen hast?« Franzi sah Marie fassungslos an.

»Du hast ja keine Ahnung«, sagte Marie leise. Sie ließ ihren bewundernden Blick über die Schaufensterpuppe wandern. »Das ist ein ganz spezielles Label, das bislang nur in exklusiven Boutiquen in Paris, Mailand und New York verkauft wird! Es ist fantastisch, dass es die Marke jetzt auch hier bei uns gibt.«
Franzi betrachtete die Kreation eine Weile. Dann sagte sie: »Das Kleid sieht aus wie ein Heißluftballon nach einer misslungenen Notlandung.«
Marie warf ihr einen wütenden Blick zu. »Du bist manchmal echt blöd. Du hast einfach keine Ahnung von Mode, aber gibst ständig deinen Senf dazu! Unmöglich!«
»Jetzt reg dich doch nicht so auf!« Franzi hob die Hände. »Okay: Es sieht aus wie … wie ein *explodierter* Heißluftballon nach einer misslungenen Notlandung. Sorry.« Franzi wich Marie geschickt aus, die ihr gerade gegen die Schulter boxen wollte.
Kim stellte sich zwischen ihre Freundinnen. Sie räusperte sich. »Darf ich euch daran erinnern, dass wir hier eigentlich etwas anderes zu tun haben?«
Marie zögerte, ließ Franzi dann aber in Ruhe. Die beiden klatschten sich ab.
»Das gibt noch Rache!«, sagte Marie grinsend.
»Ich glaube, dahinten bei den Umkleidekabinen steht eine unserer Verkäuferinnen«, sagte Kim. Sie hatte die dunkelhaarige Frau beinahe nicht erkannt, weil sie ihre langen Haare zu einem eleganten Knoten frisiert hatte und perfekt geschminkt war. Sie reichte gerade ein paar Kleidungsstücke in eine der Kabinen.

Franzi stellte sich auf die Zehenspitzen und sah in alle Richtungen. »Die Blonde scheint nicht da zu sein«, stellte sie fest. Kim zuckte mit den Schultern. »Dann werden wir jetzt mit ihrer Kollegin reden.«
Die drei Mädchen liefen entschlossen auf die Verkäuferin zu. Die Frau hängte gerade ein silberfarbenes Abendkleid an einen Ständer neben den Umkleidekabinen. »Ich suche noch mal etwas ganz anderes aus. Lassen Sie sich überraschen!«, säuselte sie in Richtung einer Kabine. Sie setzte sich in Bewegung.
»Entschuldigen Sie bitte!«, rief Kim.
Die Frau blieb stehen und musterte Kim von Kopf bis Fuß. »Ja, bitte?« Sie erkannte die drei !!! offensichtlich nicht wieder. »Ich habe gerade Kundschaft. Ihr müsstet einen Augenblick warten.«
Kim sah freundlich und zugleich ernst drein. Es gelang ihr, die Schrift auf dem Namensschild der Frau zu entziffern: *Gerlinde Rau.*
»Erinnern Sie sich an uns, Frau Rau? Wir haben Ihnen am Mittwochabend nach dem Überfall geholfen. Wir würden gerne mit Ihnen sprechen.«
Die Verkäuferin wurde blass. »An diesen Abend möchte ich mich gar nicht mehr erinnern. Es war grauenhaft!« Sie sah Marie an, und plötzlich schien sie sie wiederzuerkennen. »Du! Ja, du hast diesen schrecklichen Täter noch verteidigt!« Sie fächelte sich Luft zu. »Was wollt ihr denn noch von mir?«
Marie hob beschwichtigend die Hände. »Es tut mir leid, dass ich Sie angeschrien habe. Aber mir sind an dem Abend einfach die Nerven durchgegangen. Das war einfach zu viel

für mich. Der Mann, den Sie beschuldigt haben, ist nämlich mein Vater!«
Es war offensichtlich, dass Marie sich gerade sehr beherrschen musste, um der Frau nicht ein weiteres Mal ordentlich die Meinung zu sagen. Kim legte einen Arm um ihre Freundin.
Die Verkäuferin schlug die Hand vor den Mund. »Oh Gott! Du bist wirklich die Tochter von diesem Verbrecher?«
Kim spürte, wie Marie vor Wut zu zittern begann. »Sag jetzt bitte nichts«, zischte Kim schnell. Dann wandte sie sich an Gerlinde Rau. »Herr Grevenbroich ist unschuldig! Er hat Sie definitiv nicht überfallen. Es gibt einen Zeugen, der mit ihm zur Tatzeit zusammen war.«
Die Verkäuferin schüttelte den Kopf. »Ich habe ihn aber erkannt, ich –«
»Bitte glauben Sie mir«, unterbrach Kim sie. »Er war es nicht! Aber wir werden den wahren Täter finden! Dazu brauchen wir Ihre Hilfe!«
»Wer seid ihr eigentlich?«, fragte Gerlinde Rau tonlos.
»Hallo! Wo bleiben Sie denn?«, drang plötzlich eine hohe Stimme aus einer der Kabinen. Der Vorhang wurde ein Stück zur Seite geschoben und eine Frau streckte ihren Kopf heraus. Sie blickte sich suchend um.
»Ich komme sofort zu Ihnen, ich bin gleich da!«, beeilte sich die Verkäuferin zurückzurufen.
Kim hielt Gerlinde Rau eine ihrer Visitenkarten hin. »Wir sind Detektivinnen! Bitte helfen Sie uns, den Täter zu finden!«
Die Verkäuferin nahm die Karte und starrte sie an.
»Und wenn Sie dann vielleicht auch zu mir kommen könn-

ten«, war eine andere Frau zu hören, die unweit der drei !!! stand. »Ich suche etwas aus der *Cazziano*-Kollektion!«
»Selbstverständlich«, sagte die Verkäuferin. »In fünf Minuten bin ich bei Ihnen.« Sie steckte die Visitenkarte ein. »Kinder, ich habe keine Zeit, ihr seht, was hier los ist! Meine Kollegin hat spontan eine Woche Urlaub genommen und ich bin ganz alleine in der Abteilung!«
»Es wäre schön, wenn Sie nach Ihrem Feierabend eine Stunde Zeit für ein Gespräch hätten«, sagte Franzi. Sie lächelte freundlich, aber bestimmt.
»Ich weiß nicht, was soll das denn bringen?« Gerlinde Rau seufzte. Dann schien sie es sich anders überlegt zu haben. »Also gut. Ich mache heute früher Schluss und bin um 18:00 Uhr oben im Restaurant mit ein paar Kollegen verabredet. Freitagabends gibt es immer *Music & Büffet*. Wenn ihr dorthin kommt, können wir uns kurz unterhalten.«
Franzi nickte. »Das ist sehr gut. Vielen Dank!«
Ohne sich zu verabschieden, machte Gerlinde Rau auf dem Absatz kehrt und steuerte auf einen Kleiderständer an der Wand zu.
»Puh«, sagte Marie. »Die Frau macht mich fertig.«
»Aber du warst großartig, Marie!« Kim klopfte ihr auf die Schulter.
Franzi nickte. »1-a-Beherrschung, Respekt!«
»Und Respekt, dass du die Verkäuferin auf einen Termin festgenagelt hast, Franzi«, sagte Kim. »Wie gut, dass sie gleich heute Abend Zeit hat.«
»Ich bin bloß gespannt, was uns bei diesem *Music & Büffet* erwartet«, sagte Franzi.

»Büffet klingt doch gut!«, antwortete Kim. »Ich habe schon ziemlichen Hunger.« Im selben Moment durchfuhr es sie siedend heiß. Sie war heute mit Michi zum Pizzaessen verabredet! Kim schlug die Hand vor den Mund und murmelte: »So ein Mist.«

»Was ist denn?«, wollte Franzi erstaunt wissen. »Hast du doch keinen Hunger mehr?«

»Michi hat mich für heute Abend zum Essen eingeladen!« Kim ließ den Kopf hängen. Für einen Augenblick dachte sie daran, das Gespräch mit der Verkäuferin auf einen anderen Tag zu verschieben. Doch dann siegte die verantwortungsbewusste Detektivin in ihr. Nein, sie konnte diesen wichtigen Termin nicht absagen. Womöglich war die Verkäuferin zu einem späteren Zeitpunkt gar nicht mehr bereit, mit ihnen zu reden. Es war ja eben schon schwierig genug gewesen. Kim straffte die Schultern. »Ich muss Michi anrufen und ihm für heute Abend absagen«, erklärte sie mit fester Stimme.

Marie und Franzi sahen Kim mitleidig an. »Du kannst ihn ja für den Sonntag zum Brunch ins *Lomo* einladen«, schlug Franzi vor.

Kim nickte. »Das ist eine gute Idee. Hoffentlich hat er da auch Zeit.«

Sie sah auf ihre Armbanduhr. »Schon kurz vor fünf! Michi wird es gar nicht gut finden, dass ich ihm so kurzfristig absage.« Sie seufzte. »Aber da muss ich jetzt durch. Ich hoffe, er ist nicht zu sauer!«

Marie und Franzi wechselten einen Blick. »Ich glaube, wir beide gehen auf eine kleine Shoppingtour und lassen dich

mal in Ruhe telefonieren«, sagte Franzi. »Treffen wir uns dann um 18:00 Uhr direkt im Restaurant?«
Kim nickte. »Ja, das ist gut.« Sie sah sich um und entdeckte einen Sessel in einer Nische. Sie lief hin und ließ sich in den weichen roten Samt fallen. Dann zog sie ihr Handy aus dem Rucksack.

Alles läuft schief

Am Eingang des Restaurants war ein Tresen aufgebaut, hinter dem eine rothaarige Frau saß und den Eintritt für die Veranstaltung *Music & Büffet* kassierte. Kim bezahlte und bekam einen Stempelabdruck mit dem *Pulitzer*-Logo auf den Handrücken. Die Frau lächelte und gab ihr das Rückgeld. »Guten Appetit und viel Spaß!«

Kim bedankte sich. Sie sah sich um. Das Restaurant war schon gut besucht. Die meisten Gäste standen mit Gläsern in den Händen in kleinen Gruppen zusammen und unterhielten sich. Es lief ziemlich laute Musik, der aber kaum jemand zuzuhören schien. Einige Leute hatten sich bereits zum Büffetbereich begeben und luden sich die Teller voll. Kim lief das Wasser im Mund zusammen. Ihr war schon am Mittwoch in der Drehpause aufgefallen, dass das Restaurant ausgesprochen leckere Sachen im Angebot hatte. Heute Abend jedoch schien noch einmal aufgestockt worden zu sein: Neben einer langen Tafel mit kalten und warmen Vorspeisen gab es eine Wok-Station, in der gebratener Reis mit Fleisch, Fisch und Gemüse frisch zubereitet wurde, eine Nische mit mehreren Sorten Nudeln und unzähligen Soßen sowie einen riesigen Holzkohle-Grill, auf dem Steaks, Würstchen und Kartoffeln vor sich hin brutzelten.

»Da bist du ja«, ertönte eine Stimme neben Kim. Marie lächelte sie an. »Komm mit, wir haben uns einen Platz auf der Terrasse gesucht.« Sie deutete zu einem der großen Panoramafenster, die den Innen- vom Außenbereich trennten. Kim

erkannte Franzis roten Haarschopf. Sie saß in einem der Lounge-Sessel auf der Terrasse und telefonierte.
»Sollten wir nicht besser hier drin warten?«, gab Kim zu bedenken. »Sonst übersehen wir Gerlinde Rau womöglich noch.«
»Man hat auch von draußen einen guten Überblick«, erwiderte Marie. »Dort ist es nicht ganz so laut und stickig.«
Kim ließ sich überzeugen. Sie besorgten noch drei Ananas-Fruchtcocktails an der Saftbar und gingen raus auf die Terrasse.
Franzi hatte ihren Liegestuhl so ausgerichtet, dass sie noch ein paar Strahlen der Abendsonne abbekam und gleichzeitig in das Restaurant sehen konnte. Kim stellte einen Fruchtcocktail auf dem Tischchen neben ihr ab.
»Super, danke!« Franzi klappte ihr Handy zu und steckte es weg. »Grüße von meiner Mutter an Tessa und deinen Vater, Marie! Sie bedankt sich, dass ich spontan bei euch zu Abend essen darf!«
Marie grinste. »Alles klar! Ich hoffe nur, dass unsere Eltern sich nicht ausgerechnet heute Abend über den Weg laufen. Ich habe Tessa nämlich gesagt, dass ich bei euch bin.« Sie zog einen der Liegestühle etwas weiter vor und ließ sich hineinfallen. »Kim, wie war denn dein Gespräch mit Michi?«
Kim seufzte. »Er war natürlich ziemlich enttäuscht. Es ist jetzt schon das zweite Mal, dass ich ihn versetze. Aber er hat schon verstanden, dass ich bei dieser wichtigen Befragung dabei sein muss.« Sie setzte sich auf einen Korbhocker neben Franzi und behielt den Restaurantbereich im Auge. »Ich bin echt froh, dass Michi so viel Verständnis hat.« Sie seufzte.

»Zum Glück hat er am Sonntag Zeit. Ich habe ihn zur Entschädigung zum Brunch ins *Lomo* eingeladen.«
»Was ist eigentlich aus seiner Bewerbung für den Studienplatz geworden?«, wollte Franzi wissen.
»Die Uni hat sich noch nicht gemeldet, das Auswahlverfahren läuft noch«, sagte Kim. Sie spürte, wie sich ihr Herz zusammenzog und es in ihrer Kehle eng wurde. *Und was ist, wenn Michi den Studienplatz bekommt und in eine andere Stadt zieht?*, hallte es durch ihren Kopf. Sie atmete tief durch. Diesen Gedanken konnte sie jetzt überhaupt nicht brauchen. Sie musste sich auf die Ermittlungen konzentrieren! Energisch griff Kim nach dem Cocktail-Glas und nahm einen großen Schluck. Herrlich süß und prickelnd rann der Ananas-Frucht-Mix durch ihre Kehle.
»Da ist Frau Rau!«, rief Franzi und sprang auf. Kim verschluckte sich und musste fürchterlich husten. Marie klopfte ihr auf den Rücken. »Geht's?«, erkundigte sie sich besorgt. Kim räusperte sich und wischte sich eine Träne aus dem Augenwinkel. »Ja, alles klar!«
Die dunkelhaarige Verkäuferin stand mit mehreren Frauen beim Terrasseneingang. Die Gruppe prostete sich mit Sektgläsern zu.
»Ist die Blonde links von Frau Rau nicht die Kollegin, die ebenfalls überfallen wurde?«, fragte Marie.
Kim beugte sich vor. »Ja, das könnte sie sein!«
»Wie praktisch!«, rief Franzi. »Dann können wir gleich beide zusammen befragen. Ich versuche sie zu uns an den Tisch zu holen, okay?« Franzi wartete keine Antwort ab, sondern lief sofort los. Mittlerweile herrschte reger Betrieb auf der Ter-

rasse, aber Franzi schlängelte sich geschickt durch die Menschenmenge und hatte den Frauentrupp schnell erreicht. Kim beobachtete, wie sie die Frauen ansprach. Einige sahen sie neugierig an. Gerlinde Rau schüttelte unwirsch den Kopf und wandte Franzi den Rücken zu. Die blonde Frau neben ihr verhielt sich zögerlich. Franzi redete auf sie ein. Schließlich nickte die Frau und Franzi verschwand mit ihr im Gedränge. Kim verlor die beiden schnell aus dem Auge. Gerlinde Rau sagte etwas zu einer der Frauen und verdrehte die Augen. Die beiden lachten.

Marie rümpfte die Nase. »Ich glaube, diese Gerlinde Rau will doch nicht mit uns reden!«

»Aber die blonde Verkäuferin ist mit Franzi mitgegangen.« Kim scannte die Menschenmenge. »Sie kommen bestimmt gleich zu uns.«

Plötzlich fühlte sich Kim unbehaglich. Ihr kam es so vor, als würde sie beobachtet. Sie sah sich unauffällig um. Neben ihnen hatten zwei Männer mit drei Kindern Platz genommen. Einer der Männer versuchte das jüngste, vielleicht zweijährige Kind dazu zu bewegen, einen Löffel voll gebratener Zucchini zu essen, während die beiden anderen Kinder, ein Mädchen und ein Junge, um einen Teller mit Pommes stritten. Besteck fiel klirrend zu Boden und der Vater bückte sich seufzend. Der andere Mann teilte währenddessen die Portion Pommes auf zwei Teller auf. Die beiden waren so beschäftigt mit ihren Kindern, dass sie Kim garantiert nicht beobachtet haben konnten. Außerdem hielt das Gefühl, dass irgendjemand sie ansah, weiterhin an. Kim blickte um sich. Eine schnelle Bewegung hinter einem der zusammenge-

klappten Sonnenschirme zog ihre Aufmerksamkeit auf sich. Kim stand auf und sah genauer hin. Dort lehnte Andreas, der Spielzeugverkäufer, mit dem Rücken zu ihr an der Brüstung und unterhielt sich mit einer Frau. Hatte er sie eben angesehen und sich schnell umgedreht?
Ihre Gedanken wurden durch Franzi unterbrochen. Ihre Freundin stand mit der blonden Verkäuferin vor ihr und sagte: »Frau Gerber, darf ich vorstellen: Das sind meine Freundinnen Kim und Marie. Kim, Marie, das ist Mechthild Gerber!«
Die Verkäuferin lächelte offen und begrüßte Marie und Kim freundlich. Sie nahm auf einem Hocker Platz, den Franzi ihr hingeschoben hatte. Kims Herz begann schneller zu schlagen. Vielleicht würden sie gleich wichtige Details zum Tathergang erfahren und konnten ihre Ermittlungen entscheidend voranbringen!
»Ich weiß schon Bescheid«, sagte Frau Gerber. »Franzi hat mir alles kurz erzählt. Ihr seid Detektivinnen und wollt den schrecklichen Überfall aufklären. Das finde ich ganz, ganz toll! Ich sage euch, das war das Horrorerlebnis pur, das Schlimmste, was ich in meinem Leben jemals erlebt habe. Ich zittere immer noch, wenn ich daran denke. Ich bin froh, dass ich so schnell Urlaub bekommen habe, denn ich kann mich gar nicht richtig konzentrieren. Das muss der Schock sein. Ich muss das alles erst mal in Ruhe verdauen. Aber vielleicht sollte ich doch bald wieder arbeiten gehen. Arbeit lenkt schließlich von schlimmen Gedanken ab, nicht wahr?«
Sie strich sich eine blonde Locke zurück hinters Ohr. »Eure Freundin sagte, dass ihr schon über fünfzig Verbrechen auf-

geklärt habt.« Sie warf Kim einen bewundernden Blick zu. »Das ist wirklich toll! Ich habe als Kind viele Krimis gelesen und mir dann immer vorgestellt, wie es wäre, wenn ich der Inspektor oder der Polizist wäre und den Verbrechern auf den Fersen.« Frau Gerber nahm einen Schluck aus ihrem Sektglas. »Nun ja. Dann bin ich halt doch nicht zur Polizei gegangen, sondern bin Einzelhandelskauffrau geworden. Das ist aber auch nicht schlecht. Ich sage euch, was man da so den lieben langen Tag mit der Kundschaft erleben kann ...« Sie rollte mit den Augen und stach mit dem Zeigefinger in die Luft. »Oh, oh, das ist manchmal spannender als ein Krimi!« Die Verkäuferin nahm erneut einen Schluck Sekt.

»Ähm«, machte Kim. Sie fühlte sich gerade ziemlich erschlagen von dem Redefluss der Verkäuferin. Sie erinnerte sich an die leichenblasse, apathische und völlig verängstigte Frau, die sie damals im Aufzug gewesen war. Dass die Verkäuferin eine solche Quasselstrippe sein konnte, hätte sie nicht erwartet.

»Ja, also. Vielen Dank, dass Sie bereit sind, mit uns zu sprechen«, begann Kim. »Ihre Kollegin scheint ja leider nicht mehr an einem Gespräch mit uns interessiert zu sein.«

»Doch, doch.« Frau Gerber hob das Sektglas an und wischte einen Tropfen von der Tischplatte. »Sie wollte nachkommen. Sie muss erst noch die ganze Geschichte den anderen Kolleginnen erzählen.«

Die drei !!! warfen sich einen Blick zu.

»Es ist sehr wichtig, dass ihr mit ihr sprecht. Sie hat schließlich den Täter erkannt!«

Marie trommelte mit den Fingern auf der Tischplatte. »Sie *meint*, ihn erkannt zu haben«, sagte sie mühsam beherrscht.

»Ja, also, wie auch immer. Ich persönlich habe ja nichts von dem Mann mitbekommen.«

Kim riss die Augen auf. »Wie meinen Sie das?«

»Als es diesen Schlag von der Decke gab und der Aufzug plötzlich stehen geblieben ist, habe ich mich so unglaublich erschrocken. Ich bin in Aufzügen sowieso immer so nervös, nun, und da hat es gereicht, dieser Schlag, ich dachte, wir stürzen ab. Mir ist vor Schreck die Luft weggeblieben und dann wurde es schwarz vor meinen Augen.«

Franzi und Marie lauschten mit offenen Mündern. Kim wurde es selber beinahe schwarz vor den Augen. Sie räusperte sich. »Sie wollen damit sagen, dass Sie ohnmächtig geworden sind, noch bevor Sie überhaupt den Täter sehen konnten?«

Die Verkäuferin nickte. »Ich bin erst zu mir gekommen, als der Aufzug sich wieder öffnete. Ich bin sehr froh, dass ich das alles nicht miterleben musste.« Sie wischte mit der Serviette weitere Tropfen vom Tisch und begann, die Glasplatte zu polieren. »Aber, wie gesagt, zum Glück hat meine Kollegin den Täter ja erkannt.«

Franzi schüttelte stumm den Kopf, Marie zerrupfte konzentriert eine Serviette, und Kim ließ sich matt in den Liegestuhl zurücksinken. Sie versuchte, sich selbst zu motivieren: Vielleicht gab es wenigstens irgendetwas Wichtiges, das der Frau aufgefallen war, bevor sie in den Aufzug eingestiegen war? Oder gar in den Tagen zuvor?

»Haben Sie denn in den Tagen vor dem Überfall etwas Auffälliges beobachtet?«, fragte Franzi. Sie schien einen ähnlichen Gedanken wie Kim gehabt zu haben. »Ist Ihnen jemand gefolgt, hat Sie jemand beobachtet oder gar angesprochen?

Versuchen Sie sich zu erinnern, jedes noch so kleine Detail kann wichtig sein!«
»Ja, das hat dieser Kommissar auch gesagt«, antwortete die Verkäuferin. Sie sammelte die Fetzen der Papierserviette ein und legte sie in den Aschenbecher. »Aber es gab nichts, was mir aufgefallen wäre.« Sie nickte eifrig. »Ich versuche mich jetzt aber noch mal ganz genau zu erinnern.« Sie setzte sich kerzengerade auf und blickte konzentriert nach vorne.

Eine Stunde später verabschiedete sich Mechthild Gerber von den drei !!!. »Es hat mich sehr gefreut, ein paar echte Detektivinnen kennengelernt zu haben!«, sagte sie und gab den drei Mädchen reihum die Hand. »Schade, dass ich euch nicht helfen konnte.« Sie lächelte und winkte. »Viel Erfolg weiterhin! Ich muss jetzt mal zu meinen Kollegen zurück.«
Kim lächelte verkrampft und winkte zurück. »Das war's dann wohl«, murmelte sie.
Marie schlug mit der Hand auf den Tisch. »Das kann doch wohl nicht wahr sein!«
»Ich fand ihre Geschichten über die verschiedenen Kunden ganz interessant«, sagte Franzi. »Sie hat eigentlich eine sehr gute Beobachtungsgabe und kann sich gut erinnern!«
Kim seufzte. »Schon. Aber ich kann mir beim besten Willen nicht vorstellen, was zum Beispiel eine alte Dame und ihre drei rosa gefärbten Königspudel mit dem Überfall zu tun haben könnten.«
»Wer arme Tiere einfärbt, ist vielleicht auch zu anderen Verbrechen fähig, wer weiß!« Franzi zuckte mit den Schultern.
»So langsam habe ich das Gefühl, dass die beiden Verkäufe-

rinnen etwas zu verbergen haben«, sagte Marie. Sie knetete ihre Hände. »Das ist doch nicht normal! Glaubt ihr wirklich, dass diese Mechthild Gerber die ganze Zeit ohnmächtig war? Und warum kommt ihre Kollegin nicht endlich zu uns und spricht mit uns? Sie verhält sich total ablehnend.«

Franzi zog die Stirn in Falten. »Ich glaube, Frau Gerber ist eine ziemlich nervöse Frau. Ich könnte mir schon vorstellen, dass sie sich dermaßen aufgeregt hat, dass sie das Bewusstsein verliert.«

»Kann schon sein«, sagte Kim zögerlich. »Aber Gerlinde Rau verhält sich tatsächlich sehr merkwürdig. Ich habe ihr vorhin mehrmals zugewunken, aber sie hat immer so getan, als würde sie mich nicht sehen. Jetzt steht sie mit ein paar Leuten beim Wok-Büffet an und macht keinerlei Anstalten, zu uns zu kommen.«

»Dann gehen wir eben zu ihr. Uns ignoriert man nicht so einfach!« Marie trank ihren Ananas-Cocktail in einem Zug aus und stellte das Glas energisch auf den Tisch zurück. »Außerdem könnte ich auch etwas zu essen vertragen!«

Kims Magen begann augenblicklich zu grummeln. »Ich habe auch einen Riesenhunger«, stellte sie fest. »Dann lasst uns doch das Angenehme mit dem Nützlichen verbinden.«

»Gute Idee!« Franzi schnellte hoch und zog Kim aus ihrem Liegestuhl. »Ran ans Büffet und an die Verkäuferin!«

Die drei Detektivinnen drängten sich durch die lachenden und schwatzenden Menschen auf der Terrasse und steuerten auf das Wok-Büffet im Restaurant zu. Gerlinde Rau stand in der Warteschlange und unterhielt sich angeregt mit zwei Frauen.

»Wir gehen am besten zu den Vorspeisen, da sind weniger Leute. Dann können wir schon mal etwas essen und passen dann die Verkäuferin ab«, schlug Kim vor. Ihre Freundinnen stimmten sofort zu. Sie beluden sich ihre Teller mit Pizzabrot, Käse, Salami und gebratenem Gemüse und besorgten noch drei Flaschen Cola und Strohhalme. Dann positionierten sie sich an einem Stehtisch in der Nähe der Verkäuferin. Kim betrachtete zufrieden ihren Teller. Sie nahm ein Stück von dem knusprigen Brot, legte eine dünne Wurstscheibe darauf und biss hinein. »Das tut gut«, nuschelte sie und ließ dabei das Wok-Büffet und die Verkäuferin nicht aus den Augen.

»Was machst du denn hier?«, ertönte plötzlich eine wohlbekannte Stimme. Kim sah zur Seite und begann augenblicklich zu strahlen. Sie schluckte hastig. »Mensch, Michi!«

Michi sah Kim vorwurfsvoll an und sagte leise: »Du hast gesagt, dass du eine wichtige Befragung durchführen musst.« Er zeigte auf Kims vollen Teller. »So sieht also deine Ermittlungsarbeit aus.«

Kim war völlig verwirrt. »Was machst du denn hier?«, war alles, was sie herausbrachte.

»Ich darf dich daran erinnern, dass du mich versetzt hast. Ich war gerade mit Rolf unterwegs, als du mich vorhin angerufen hast. Er kennt die Location hier und hat dann vorgeschlagen, dass wir uns am All-you-can-eat-Büffet den Bauch vollschlagen.«

Erst jetzt bemerkte Kim den schlaksigen jungen Mann, der etwas im Hintergrund stand. Er hob kurz die Hand.

»Aber jetzt ist mir der Appetit vergangen.« Michi packte Rolf am Arm. »Komm, wir gehen!«

»Warte mal«, rief Rolf. Er zog seinen Arm weg. »Vielleicht solltet ihr das mal genauer besprechen …«
»Komm!« Michi drehte sich abrupt um und drängte zum Ausgang vor.
»Michi!«, rief Kim. Sie sah Franzi und Marie hilflos an. »Was ist denn jetzt in ihn gefahren?«
»Ich fürchte, er denkt, dass du nur zum Vergnügen hier bist«, sagte Marie. »Dass wir hier ermitteln, ist für einen Außenstehenden ja nicht sofort zu erkennen«, vermutete sie. »Lauf ihm schon hinterher! Du kannst das doch alles erklären!«

Schritte im Dunkeln

Maries Worte drangen wie durch Watte zu Kim vor. Sie nickte mechanisch. »Ja, das mache ich!« Auch ihre eigenen Worte klangen dumpf und undeutlich an ihre Ohren. Sie lief los, geriet jedoch in den Laufweg von zwei Angestellten mit weißen Kochmützen, die gerade Nachschub für das Nudel-Büffet brachten.

»Vorsicht!«, rief Franzi.

Kim konnte im letzten Moment ausweichen und den Sturz in eine große Schüssel mit Tomatensoße verhindern. Sie entschuldigte sich schnell und hastete weiter.

»Immer schön langsam, junge Dame!!«, rief ihr einer der Männer hinterher und lachte. »Du hast doch das ganze Leben noch vor dir!«

Und das will ich nicht ohne meinen Michi verbringen!, schoss es ihr durch den Kopf. Sie musste ihrem Freund unbedingt die Situation erklären! Er stand noch bei den Aufzügen, gleich würde sie ihn eingeholt haben und dann würde alles gut werden. Kim musste um ein Paar herumlaufen, das sich mitten im Weg küsste und nichts um sich herum wahrnahm. Sie sah, wie die Türen des mittleren Aufzugs auseinanderglitten und Michi die Kabine im Sturmschritt betrat. Rolf stolperte hinterher. Die Tür glitt zu.

»Nein!« Kim hetzte weiter. »Warte, Michi!«

Als sie den Aufzug erreichte, hatte er sich bereits in Bewegung gesetzt. Verzweifelt hämmerte Kim auf die Rufknöpfe der beiden danebenliegenden Fahrstühle. Nichts tat sich.

Dann sah sie die Zettel, die unter den Knöpfen befestigt waren: *Ab 19:00 Uhr gesperrt, bitte mittleren Aufzug benutzen.* Kim schlug mit der flachen Hand gegen die Mauer. Sie sah zur Glastür, die zum Treppenhaus führte. Dann schüttelte sie den Kopf. Sie würde zu Fuß niemals so schnell wie der Aufzug die vier Stockwerke zurücklegen können. Sie würde Michi nicht mehr einholen können. Unendlich enttäuscht lehnte sie die Stirn gegen die kühle Wand. Die Musik im Restaurant wurde lauter, das Stimmengewirr schwoll an. Helles Lachen drang zu ihr rüber.
Kim spürte, wie ihre Augen zu brennen begannen. Jetzt nur nicht weinen, flehte sie sich selbst an. Aber da lief schon die erste Träne über ihre Wangen. Sie kramte nach einem Taschentuch. Natürlich hatte sie mal wieder keines eingesteckt. Sie fuhr sich mit den Handrücken über die Augen und wischte die Tränen notdürftig weg.
Sie wollte jetzt niemanden sehen. Sie konnte unmöglich in dieser Verfassung zurück ins Restaurant gehen. Nein, sie brauchte jetzt erst mal eine Verschnaufpause. Sie musste ihre Gedanken, die völlig chaotisch in ihrem Kopf herumgeisterten, ordnen. Warum hatte Michi so heftig reagiert? Das war doch völlig überzogen! Andererseits musste es für ihn so ausgesehen haben, als würde sie lieber mit Franzi und Marie ein Büffet plündern, als mit ihm Pizza essen zu gehen. Und sie hatte ihn zwei Mal hintereinander versetzt. Hatte sie Michi zu sehr vernachlässigt? Aber er hatte doch nie etwas gesagt, hatte immer Verständnis gehabt.
Kim fühlte sich wie im Schleudergang der Gefühle: Wut, Trauer, Verzweiflung und schlechtes Gewissen wechselten

sich ab. Das machte sie völlig fertig. Sie setzte sich auf den Treppenabsatz, lehnte sich gegen die Wand und zog die Knie an. Sie versuchte sich durch regelmäßiges Atmen zu beruhigen. Das Deckenlicht erlosch. Der Zeitschaltknopf gegenüber an der Wand leuchtete rötlich. Kim hatte keine Kraft, aufzustehen und ihn zu drücken. Sie blieb einfach im Dunkeln sitzen. Lachen und fröhliche Stimmen drangen vom Restaurant zu ihr. Sie würde noch ein paar Minuten hier sitzen, sich beruhigen und dann zu Marie und Franzi gehen. Plötzlich fiel ihr ein, dass sie ja noch mit der Verkäuferin sprechen wollten. Hoffentlich hatten Franzi und Marie die Frau abpassen können. Kim vergrub den Kopf in der Armbeuge. Hier lief gerade alles schief. Sie hatten rein gar nichts erfahren, was sie in ihrem Fall voranbrachte. Und *dafür* hatte sie ihre Verabredung mit Michi sausen lassen und so ein Gefühlschaos verursacht! Manchmal war die Detektivarbeit einfach nur anstrengend und frustrierend. *Vielleicht hätte ich diesen Detektivclub niemals gründen sollen*, dachte Kim plötzlich und erschrak im selben Moment über sich selbst. Wie konnte sie bloß auf solch eine Idee kommen? Ohne den Club hätte sie ihre besten Freundinnen Franzi und Marie nie kennengelernt. Die beiden gehörten mittlerweile schließlich zu den wichtigsten Menschen in ihrem Leben. Neben ihrer Familie natürlich und … Michi! Kim seufzte.
Plötzlich hörte sie ein leises Quietschen. Ein Geräusch, als ob jemand auf leisen Gummisohlen tappte. Kim sah auf und nahm eine Gestalt wahr, die sich vom Restaurant wegbewegte. Sie zögerte, schien sich erst an die Dunkelheit im fensterlosen Treppenhaus gewöhnen zu müssen. Warum machte

die Person nicht einfach das Licht an? Hatte sie den rot leuchtenden Knopf übersehen? Kim wollte gerade etwas sagen, da bemerkte sie, dass das tappende Geräusch verstummt war. Die Gestalt musste stehen geblieben sein. Irritiert starrte Kim in die Dunkelheit. Wieder ertönte das leise Quietschen. Die Schritte wurden schneller, kamen auf sie zu. Instinktiv drückte sich Kim näher an die Wand. Die Gestalt bemerkte sie nicht, sie huschte nur wenige Meter von ihr entfernt vorbei. Sie trug einen dunklen Kapuzenpulli und dunkle Hosen, mehr konnte Kim in der Dunkelheit nicht erkennen. Sie hätte noch nicht einmal sagen können, ob es ein Mann oder eine Frau war. Die Schritte entfernten sich, nach einigen Sekunden klimperte etwas, dann wurde ein Schlüssel in einem Schloss herumgedreht. Eine Tür knarrte und klappte leise zu.

Kim lauschte. Nichts tat sich mehr. Nur die gedämpften Stimmen und die Musik aus dem Restaurant waren zu hören. Die Gestalt musste hinter der Stahltür verschwunden sein, die sich am Ende des Flurs in der Nähe der Toiletten befand. Kim war die Tür am Mittwoch aufgefallen, weil darauf mit großen, edlen Messingbuchstaben die Bezeichnung »Technik« angebracht war. Kim stand auf und tastete sich an der Wand entlang. Ihr Detektivinstinkt war geweckt! Das Verhalten dieser Person war eben mehr als merkwürdig gewesen. Hatte sie mit dem Überfall am Mittwoch etwas zu tun? Hatte Kim womöglich den Verbrecher dabei beobachtet, wie er Vorkehrungen für einen weiteren Raub traf? Sie musste herausfinden, was der- oder diejenige hier im Technikraum zu suchen hatte. Kim lief an den Toiletten vorbei

und tastete sich bis zu einer Säule vor. Von hier aus hatte sie gute Sicht auf die Tür. Sie stellte fest, dass es keine Türklinke gab, sondern nur ein Schloss. Ohne Schlüssel konnte man die Tür von außen nicht öffnen.
Das Herz schlug ihr bis zum Hals. Sie wartete. Nichts tat sich. Sollte sie sich hinschleichen und lauschen? Kim zögerte. Einer plötzlichen Eingebung folgend, zog sie ihr Handy aus der Hosentasche und tippte in Windeseile eine SMS:
Kommt sofort. Flur links. Leise!
Sie schickte die Nachricht an Franzi ab und atmete auf. Zu dritt waren sie dieser Gestalt, die hinter der Tür war, garantiert gewachsen.
Eine Minute später eilten Franzi und Marie herbei. Marie hatte die Taschenlampenfunktion an ihrem Smartphone aktiviert, ein blauer Lichtstrahl huschte zitternd vor ihr über den Boden. Kim sah, dass Marie ein halb volles Glas mit Orangensaft in der Hand hatte.
»Franzi hat mich so schnell aus dem Restaurant gezogen, ich konnte es nirgendwo mehr abstellen«, erklärte Marie, die Kims Blick bemerkt hatte.
»Was ist denn los?«, flüsterte Franzi. »Ist dir was passiert?«
Kim schüttelte den Kopf. »Nein, aber eine verdächtige Person hat sich in den Technikraum dort geschlichen!«
Franzi lugte hinter der Säule hervor. »Los, wir pirschen uns ran und lauschen an der Tür.« Sie zog Kim und Marie mit sich. Dann presste sie ein Ohr ans Türblatt. Nach einer Weile sagte sie enttäuscht: »Nichts.«
»Vielleicht brauchen wir eine Abhör-Hilfe«, flüsterte Kim. Sie deutete auf das Glas in Maries Hand.

»Wie bitte?«, fragte Marie.
»Trink aus! Beeil dich!«
Marie zog die Augenbrauen hoch. »Was? Warum?«
»Wir brauchen dein Glas als Schallverstärker.«
Jetzt endlich begriff Marie. Sie trank den Rest Saft aus und hielt Kim das Glas hin. Kim schnappte es sich, presste es vorsichtig mit der offenen Seite an das Türblatt und drückte ihr Ohr an den Glasboden.
Franzi und Marie sahen sie gespannt an.
Kim flüsterte aufgeregt: »Da ist ein merkwürdiges Brummen zu hören.«
Im nächsten Moment flammte die Flur-Beleuchtung auf. Kim zuckte zusammen und ließ das Glas beinahe fallen.
»Ein Angestellter vom Wachdienst«, zischte Marie.
Kim drehte sich um und sah, wie ein untersetzter Mann in dunkelblauer Jacke und Hose den Gang entlanggelaufen kam. Er steuerte direkt auf die drei !!! zu. Als er sie erreicht hatte, tippte er an seine Schirmmütze und sagte freundlich, aber bestimmt: »Guten Abend! Kann ich euch helfen?«
Die drei warfen sich einen kurzen Blick zu. Kim seufzte. Am besten war es jetzt, mit offenen Karten zu spielen.
»Ich habe zufällig gesehen, wie sich eine Person in diesen Raum geschlichen hat.« Kim deutete auf die Tür, hinter der sie das Brummen vernommen hatte. »Sie sah nicht gerade wie ein Handwerker aus, deshalb kommt uns das Ganze komisch vor. Wir haben gerade überlegt, was wir tun sollen –«
»Und da kamen Sie!«, vollendete Marie Kims Satz. »Können Sie nicht schnell aufschließen und nachsehen, was da los ist?«
Der Wachmann kratzte sich am Kinn. »Hier soll jemand hi-

neingegangen sein?« Er klopfte an die Tür. »Seid Ihr euch sicher?«
»Es ist jemand drin!«, beharrte Kim. »Bitte machen Sie auf!«
Der Mann schüttelte den Kopf und brummelte: »Es könnte der Hausmeister sein. Ich frage mich allerdings, was er hier macht. Das ist ein uralter Technikraum, der seit Jahren nicht mehr genutzt wird.« Erneut hämmerte er fest an die Tür. »Hallo?« Nichts geschah.
Jetzt wurde Kim endgültig klar, dass etwas nicht stimmen konnte. Sie war sich absolut sicher, dass sich vorhin jemand in diesen Raum geschlichen hatte. Wenn derjenige nichts zu verbergen hatte, hätte er spätestens jetzt den Kopf zur Tür rausstrecken und fragen müssen, was los sei!
Aber es tat sich nichts. Kim trat ungeduldig von einem Bein aufs andere. »Sie können doch einfach kurz nachsehen! Sie haben doch bestimmt einen Generalschlüssel für alle Räume in diesem Gebäude.«
Der Wachmann schüttelte den Kopf. »Nein. Bei diesem Schloss passt der Generalschlüssel nicht. Da müsste ich im Keller beim Hausmeister nachsehen. Da hängen noch so ein paar von den uralten Riesendingern am Schlüsselbrett.«
Marie nickte heftig. »Tun Sie das! Wir passen hier solange auf.«
Der Mann sah Marie prüfend an. »Und ihr erzählt bestimmt keine Märchen?«
Marie verschränkte die Arme vor der Brust. »Ganz bestimmt nicht!«
»Also gut! Ich bin in fünf Minuten wieder da.« Der Mann nickte den drei !!! knapp zu und lief zum Treppenhaus.

»Hoffentlich dauert das nicht zu lange«, murmelte Marie. Sie zog Franzi und Kim von der Tür weg. »Wir verstecken uns besser hinter der Säule, falls diese Gestalt ausgerechnet jetzt wieder herauskommt.«
Die drei !!! liefen zur anderen Seite und verbargen sich hinter der Säule. Das Deckenlicht erlosch. Kim sprang zum Lichtschalter und drückte ihn. Sie biss sich auf die Lippe. Was passierte bloß gerade hinter dieser Tür? »Hoffentlich findet der Wachmann den Schlüssel«, murmelte sie.
»Wenn nicht, dann knacke ich das Schloss«, sagte Marie sofort. Sie war von Anfang an die Spezialistin für das Öffnen von Schlössern jeglicher Art in ihrem Team gewesen. Kim wusste, dass Marie mittlerweile so viel Übung hatte, dass sie viele Schlösser mit ihrem Dietrichset oder anderen Hilfsmitteln in wenigen Minuten öffnen konnte.
Marie tastete ihre Hosentasche ab. »Leider habe ich heute mein Set nicht dabei.« Sie seufzte. »Aber ich könnte es mit einer meiner Haarklammern probieren.« Sie nestelte kurz an ihrem Pferdeschwanz und zog eine silberne Spange hervor. »Ja, die ist ideal«, stellte Marie zufrieden fest.
»Jetzt warte doch erst mal ab«, flüsterte Franzi. »Bestimmt kommt der Wachmann gleich wieder. Und mit einem Schlüssel geht es in jedem Fall schneller.«
»Wenn du meinst.« Marie steckte die Haarspange ein.
Sie warteten ungeduldig. Wieder erlosch das Licht. Dieses Mal sprang Franzi zum Schalter und drückte ihn.
Sie mussten noch einige Male das Licht aktivieren. Dann erklangen eilige Schritte am Ende des Flurs.
»Endlich«, sagte Franzi. »Er kommt wieder!«

Der Wachmann klimperte mit mehreren großen Schlüsseln in der Hand. »So, dann wollen wir mal sehen.«
Gespannt beobachteten die drei Detektivinnen, wie der Wachmann den ersten Schlüssel ausprobierte. Er ließ sich nicht im Schloss drehen.
Er versuchte es mit dem zweiten. Dieser passte, es knackte und die Tür war offen! Im Raum dahinter war es stockdunkel.
Kim hielt den Atem an. Würde jetzt gleich jemand überfallartig auf sie zustürzen?
»Hallo!«, rief der Wachmann. »Ist da wer?« Er tastete an der Wand und eine Neonröhre flackerte auf. Sie beleuchtete einen kleinen, vielleicht zehn Quadratmeter großen Raum mit einem Fenster. An einer Wand stand ein Schreibtisch mit einem Stuhl davor, an der anderen Wand befanden sich mehrere gebogene Rohre und ein großer, grauer Kasten. Der Raum war menschenleer.
»Hier ist niemand«, sagte der Wachmann. »Ihr habt euch getäuscht!« Er seufzte. »Kinder, Kinder, ich hoffe, ihr wolltet mich nicht an der Nase herumführen!«
»Warum sollten wir das?«, fragte Franzi empört. Sie schob sich an dem Mann vorbei ins Zimmer und ließ schnell den Blick schweifen.
Der Wachmann wollte sie gerade zurückziehen, da stieß Franzi einen Schrei aus. »Das Fenster!«
Jetzt sah Kim es auch: Das Fenster war nur angelehnt, es bewegte sich sacht in der Zugluft!
»Von hier ist er nach draußen gelangt!«, sagte Franzi. Sie öffnete das Fenster und deutete hinaus. »Man kommt ganz einfach auf das Flachdach und kann von hier zu den anderen

Aufbauten laufen oder zur Dachterrasse des Restaurants!« Sie schwang sich aufs Fensterbrett. »Ich sehe mal nach!«
»Bist du verrückt!«, rief der Wachmann. Er sprintete zum Fenster und zerrte Franzi, die schon mit einem Fuß draußen war, wieder ins Innere. Franzi machte sich los. Sie sah den Wachmann empört an. »Es ist völlig ungefährlich!«
»Langsam glaube ich, ich bin bei der *Versteckten Kamera* gelandet!«, rief der Wachmann. »Was habt ihr eigentlich vor?« Er wischte sich eine Schweißperle von der Stirn. »Sofort raus hier und macht, dass ihr nach Hause kommt!«
Kim hob beschwichtigend die Hände. »Es tut uns leid, dass Sie sich wegen uns so aufregen müssen. Aber glauben Sie mir, da war jemand und es wäre wichtig nachzuforschen, was diese Person hier gemacht hat!«
»Das ist alles völliger Blödsinn«, ereiferte sich der Mann. »Hier war garantiert niemand. Das ist die alte Schaltstelle der Rohrpostanlage. Die ist schon lange außer Betrieb genommen, weil sie ständig defekt war! Früher wurden die Einnahmen der Kassen damit an die Zentralkasse verschickt oder Wechselgeld an die Kassen. Aber das wird schon lange nicht mehr so gemacht. Niemand würde hier reingehen, es gibt hier absolut nichts zu holen.« Der Wachmann nahm seine Kappe ab und tupfte sich mit einem Taschentuch den Schweiß von der Stirn. »Das ist jetzt mein letztes Wort: Raus mit euch, bevor ich die Polizei anrufe und euch nach Hause bringen lasse!«
»Gut«, sagte Kim. Es war besser, jetzt sofort den geordneten Rückzug anzutreten, bevor es noch mehr Ärger gab. »Vielen Dank und einen schönen Abend noch!«

Auch Franzi und Marie verabschiedeten sich freundlich. Dann machten sie, dass sie wegkamen. Sie liefen schweigend den Flur entlang in Richtung des Restaurants.
»Wartet mal«, sagte Franzi plötzlich und blieb stehen. »Ich hab die ganze Zeit schon irgendwas Klebriges an der Schuhsohle.« Sie winkelte das rechte Bein nach hinten an und sah über die Schulter auf ihren Fuß. »Igitt, das ist bestimmt Teer vom Dach«, stellte sie fest. »Da war alles so von der Sonne aufgeheizt, dass die Teerpappe weich geworden ist.« Sie runzelte die Stirn. »Wie kriege ich das wieder weg?« Kim betrachtete den Zweieurostück-großen schwarzen Fleck auf der geriffelten Turnschuhsohle. Sie kramte in ihrer Hosentasche und zog ein zerknittertes Kaugummipapier heraus. »Du kannst erst mal das Papier hier drauflegen, dann klebst du wenigstens nicht am Boden fest.«
»Gute Idee!« Franzi nahm das Papier und legte es über den Teerfleck. Sie trat auf und hob den Fuß wieder hoch. »Danke, das funktioniert gut.«
»Und was machen wir jetzt?«, fragte Marie, als sie an ihrem Tisch im Restaurant angelangt waren.
Kim wies mit dem Kinn zur Terrasse. »Ich würde mir gerne einen Überblick über das Dach verschaffen. Der Verdächtige muss auf diesem Weg geflüchtet sein. Womöglich hält er sich da noch irgendwo versteckt!«
»Richtig, wir müssen sofort nachsehen«, rief Franzi und stürmte los.
Als Kim und Marie bei ihr ankamen, hatte sie sich unauffällig an die Brüstung gelehnt und tat so, als würde sie die Aussicht bewundern. In Wahrheit scannte sie konzentriert

das große Flachdach und die Aufbauten. Kim beugte sich ebenfalls vor. »Dahinten links ist der Aufbau, in dem sich der Motorraum für die Aufzüge befindet. Dort ist auch der Technikraum.« Die untergehende Sonne spiegelte sich in den Glasflächen, die als Windschutz vor der Brüstung angebracht waren. Kim kniff die Augen zusammen und sah kurz zu Boden. Sie stutzte. Rechts von ihr war ein dunkler Fleck auf dem weißen Fliesenboden zu sehen. Daneben noch einer.

»Du hinterlässt Teerspuren«, sagte Kim zu Franzi.

»Was?« Franzi hob ihren Fuß und drehte ihn leicht, sodass sie auf die Sohle sehen konnte. »Das kann ich mir gar nicht vorstellen. Dein Kaugummipapier hält gut.«

Marie betrachtete nachdenklich die Flecken am Boden. »Da hinten links ganz nah an der Brüstung sind weitere Teerspuren«, sagte sie schließlich. »Aber dort ist Franzi bestimmt nicht gelaufen.«

Kim nickte. Ihr wurde plötzlich ganz heiß. »Wisst ihr, was das bedeutet?«

Die Stunde der Wahrheit

»Die Spuren könnten von der Person aus dem Technikraum stammen«, sagte Marie leise. »Sie ist raus aus dem Fenster, über das Dach geflüchtet und hat deswegen, genau wie Franzi, Teer an den Schuhsohlen.«
»Genau«, murmelte Kim. Sie lief langsam an der Brüstung entlang und folgte den Teerflecken zur linken Seite. Sie wich zwei Frauen aus, die ein Selfie vor dem Rathausturm im Hintergrund machten.
»Wenn derjenige hier übers Dach auf die Restaurant-Terrasse gelangt ist, frage ich mich allerdings, wie er die Glasscheiben überwunden hat.«
Franzi betrachtete die gut zwei Meter hohen Scheiben. »Stimmt, das ist schwierig. Da kommt man eigentlich nur rüber, wenn man Saugnäpfe an den Händen und Füßen hat.«
Marie grinste. »Das wäre wohl ziemlich auffällig gewesen.«
Sie folgten den dunklen Flecken, die sich in unregelmäßigen Abständen bis zur linken Seite der Terrasse zogen. Dort stand eine lange Reihe von dichten, hohen Bambuspflanzen in Steintrögen und grenzte den Restaurantbereich vom restlichen Flachdach ab. Die Teerspur endete dicht an der Hauswand. Kim bog ein paar Halme der kräftigen Pflanzen zur Seite. »Volltreffer!«
Marie sah ihr über die Schulter. »Keine Glasabtrennung!«, sagte sie. »Hier kann man ganz unauffällig durch die Pflanzen auf die Terrasse kommen.«

Kim nickte aufgeregt. »Jetzt müssen wir nur noch herausfinden, wo die Spur entlangführt und wo sie endet.«
Die drei !!! schlenderten an der Brüstung entlang und behielten dabei unauffällig den Boden im Blick. Die Spur führte in einem Bogen zwischen den Bistrotischen hindurch in Richtung des Restauranteingangs. Die schwarzen Flecken wurden jedoch immer kleiner und blasser, je weiter sie gelangten. Sie mussten sehr genau hinsehen, um noch etwas zu erkennen.
Marie blieb stehen. »Ich fürchte, diese Spur endet im Nichts!«
Kim strich sich eine Haarsträhne aus der Stirn. »Willst du etwa aufgeben?!«
»Ich weiß nicht.« Marie biss sich auf die Lippe. »Wir haben bei diesem Fall schon eine *heiße* Spur verfolgt, die sich als völlig unbrauchbar herausgestellt hat. Was ist, wenn dein geheimnisvoller Eindringling einfach nur ein neugieriger Partygast war, der geflüchtet ist, weil es ihm peinlich war, dass wir ihn entdeckt haben?«
Kim ließ den Kopf hängen. »Vielleicht hast du recht«, murmelte sie.
»Was ist denn mit euch los?« Franzi schüttelte energisch den Kopf. »Aufgeben gilt nicht. Wir holen uns jetzt erst mal was zu trinken und dann besprechen wir in Ruhe, wie es weitergeht.« Sie legte ihre Arme um Kim und Marie. »Als Detektiv muss man flexibel sein. Vielleicht treffen wir noch die Verkäuferin. Die ist doch mit ihrem blöden Verhalten auch mehr als verdächtig!«
Kim nickte. »Okay, lasst uns einfach vorwärtsschauen.« Sie atmete tief durch. Plötzlich hatte sie wieder das Gefühl, beobachtet zu werden. Sie sah schnell zu ihrer linken Seite.

Dort stand der Spielwarenverkäufer nur wenige Meter von ihr entfernt. Er unterhielt sich mit zwei jungen Männern. Ihre Blicke trafen sich. Andreas zuckte kurz zusammen, lächelte ihr zu, wandte sich dann aber sofort wieder ab.
Kim schüttelte insgeheim den Kopf. Wenn dieser Junge hier gerade versuchte, mit ihr zu flirten, dann stellte er sich aber nicht gerade geschickt an. Allerdings hätte er auch die größte Charmeoffensive der Welt starten können – sie wusste ganz genau, dass er nicht mehr bei ihr hätte landen können. Sie erinnerte sich an den Blick aus diesen Augen vor zwei Tagen. Was war da nur so anders gewesen?
»Ist alles klar bei dir?«, fragte Marie und sah Kim mit großen Augen an. Tiefblauen Augen, so blau wie die Augen von Herrn Grevenbroich. Und so blau wie die Augen von Andreas, damals, fiel Kim plötzlich ein. Kim blinzelte. Nein, seine Augen waren grün. Oder? Sie versuchte sich zu konzentrieren. Auf einmal sah sie das Bild genau vor sich. Das war es! Dieser Junge hatte, als sie sich das erste Mal begegnet waren, definitiv zwei verschiedenfarbige Augen. Eines blau, eines grün. Das war es, was seinen Blick so außergewöhnlich gemacht und ihre Aufmerksamkeit erregt hatte! Gestern aber waren seine Augen beide grün gewesen. Kim sah zu dem Verkäufer rüber. Vielleicht trug er normalerweise grüne Kontaktlinsen, um den Farbunterschied auszugleichen, und hatte am ersten Tag eine verloren? Sie schüttelte den Kopf. Warum machte sie sich eigentlich Gedanken um die Augenfarbe eines Spielwarenverkäufers? Sie hatte jetzt wirklich Besseres zu tun!
»Ach so«, sagte Marie plötzlich. Sie grinste Kim an. »Da drüben ist dieser Andreas. Verwirrt der dich so?«

Kim winkte ab. »Quatsch. Mir ist nur eben etwas eingefallen. Aber das ist völlig unwichtig.«
»Na dann.« Marie sah skeptisch drein.
Franzi reckte den Hals und sah neugierig in die Richtung des Spielwarenverkäufers.
»Mach das doch nicht so auffällig!«, zischte Kim. »Das ist echt peinlich!«
Franzi senkte ihren Blick und tat so, als würde sie interessiert auf den Boden schauen. Sekunden später stieß sie einen unterdrückten Schrei aus. Sie packte Kim am Arm. »Seht euch die Fliesen vor ihm an!«, zischte sie. »Ich glaube, da sind lauter Teerflecken!«
»Was?!« Kim versuchte so unauffällig wie möglich hinüberzusehen.
Tatsächlich, dort, wo der Spielwarenverkäufer stand, war der Fliesenboden mit einem leichten grauen Schleier überzogen, vereinzelte dunklere Flecken waren zu sehen. Kim kniff die Augen zusammen. »Vor allen Dingen sieht man deutliche schwarze Spuren an den Rändern von seinen Turnschuhen!«
»Das ist ja ein Ding«, stellte Marie fest. »Der große Unbekannte aus dem Technikraum ist Andreas.« Sie zögerte. »Was hat der denn dort gemacht?«
»Vielleicht hat er an der alten Rohrpostanlage herumgespielt?«, witzelte Kim lahm. Sie erinnerte sich an Andreas' Begeisterung für elektronisches Spielzeug, an seinen Unfall mit dem Mini-Helikopter, den Ölfleck an seiner Schläfe und an den Händen. »Ich glaube, er ist ein ziemlicher Kindskopf, ich würde ihm zutrauen, dass er aus lauter Neugier in den Technikraum gegangen ist.«

Die Musik im Restaurantbereich wurde lauter gedreht. »Fragen wir ihn doch einfach«, rief Franzi.
»Dann müssen wir uns aber beeilen«, rief Marie. »Ich glaube, er will gerade gehen.«
Andreas klatschte sich mit den Männern ab und hängte sich seine Tasche um. Er steuerte zielstrebig auf den Restaurantbereich zu, ohne noch einmal zu Kim zu blicken. Nur wenn man genau hinsah, konnte man erkennen, dass seine Sohlen bei jedem Schritt leicht am Boden anklebten und er Kraft aufwenden musste, um sie zu lösen.
Kim spürte eine große Unruhe. Was war denn nur los mit ihr?! Hatte sie sich doch in Andreas verliebt und wollte es vor sich selbst nicht zugeben? Nein, das war es nicht. Kim dachte an Michi und ihr Herz begann zu klopfen. Sie wollte am liebsten sofort zu ihm, ihm alles erklären, damit er sie wieder in seine Arme nahm und sie die Welt vergessen konnte. Michi! Ihr Michi, mit dem sie so viel lachen konnte, bis ihr die Tränen in die Augen stiegen. Michi, der immer für sie da war, auch wenn es ihr mal nicht gut ging. Michi, der sie mit Schokolade fütterte, dessen Augen so schön leuchteten, wenn er sie ansah … Nein, sie war ganz bestimmt nicht in Andreas verliebt! Ihr Herz gehörte voll und ganz Michi! Das seltsame Bauchgefühl hatte eine andere Ursache. Bloß welche?
Kim sah, wie Andreas gerade ein paar Leute zur Seite schob, die im Eingang zum Restaurant standen. An seinem Handgelenk war das Pflaster zu sehen, das die Wunde verdeckte, die er sich bei dem Unfall mit dem Spielzeughelikopter zugezogen hatte. Plötzlich durchzuckte Kim ein Einfall. Sie

stutzte. Was war das jetzt für ein wirrer Gedanke, was für ein abstruses Bild. Egal! Sie folgte einfach ihrem Bauchgefühl.
»Hinter ihm her!«, rief Kim. Sie lief los, ohne auf Franzi und Marie zu achten. Sie holte Andreas im Innenbereich ein, als er gerade kurz stehen blieb und sich orientierte. In der Mitte des Restaurants war in der Zwischenzeit eine Tanzfläche eingerichtet worden, auf der sich eine Menge Leute drängten und ihren Spaß hatten. Man konnte nicht mehr auf geradem Weg zum Ausgang gehen, sondern musste sich entweder am Büffet oder an den zur Seite gerückten Bistrotischen vorbeischlängeln. Andreas stand etwa eine Armlänge von Kim entfernt mit dem Rücken zu ihr.
»Hi, Andreas!«, rief sie laut. Der Verkäufer drehte sich erstaunt um. Kim setzte ein strahlendes Lächeln auf. »Schön, dich hier zu sehen!«
»Äh, ja!« Andreas lächelte schief. »Ich wollte gerade gehen«, rief er gegen die Musik an.
Kim ließ sich nicht beirren. »Das ist ja witzig, dass wir uns hier zufällig treffen. Dabei kennen wir uns erst seit zwei Tagen. Ist schon toll, dass man so viele neue Leute kennenlernt, wenn man mal bei Filmaufnahmen mitmacht.« Kim wunderte sich über sich selbst, dass sie nicht vor Scham im Boden versank. Was für einen Mist erzählte sie hier eigentlich? Der Spielwarenverkäufer sah sie an, als würde er sich das Gleiche fragen.
»Hi!«, ertönten Franzis und Maries Stimmen hinter ihnen wie aus einem Mund. Die beiden lächelten freundlich und warfen Kim einen fragenden Blick zu.
»Ja, wir amüsieren uns hier prächtig«, fuhr Kim fort. »Man

kann ja nicht nur Filme drehen, nicht wahr, man muss auch ordentlich feiern! Aber die Filmaufnahmen machen schon irrsinnigen Spaß! Nicht wahr?« Sie sah Franzi an. Ihre Freundin öffnete langsam den Mund. »Ja«, kam es einsilbig über ihre Lippen. Es war völlig offensichtlich, dass Kims Worte sie verwirrten.

»Wir alle drei wollen mal Schauspielerinnen werden«, erzählte Kim munter weiter. Sie riss die Arme in die Höhe und rief: »Das wäre das Allergrößte!«

Marie nickte mechanisch. Sie betrachtete Kim von der Seite und schien fieberhaft zu überlegen, was in sie gefahren sein mochte.

»Obwohl ich mir auch vorstellen kann, in der Technik zu arbeiten. Cutterin wäre etwas. Auch Licht- oder Tontechnik finde ich superspannend.«

Andreas zupfte nervös an seiner Tasche.

Kim beeilte sich weiterzusprechen: »Aber eigentlich möchte ich mal Drehbuchautorin werden. Ja, ich glaube, das wäre es! Also, diese Superstory, die gerade hier verfilmt wird – so etwas möchte ich auch einmal schreiben! Das ist eine super Idee, alles in so einem alten Kaufhaus spielen zu lassen, wunderbar. Auch der Name ist einfach klasse, den finde ich so toll, so … symbolisch … Mist, jetzt habe ich den glatt vergessen, sag mal … das gibt es doch nicht …«

»*Nobel & Co.*«, zischte Andreas. Mittlerweile sah er einfach nur noch genervt aus. Er nickte den drei !!! zu und sagte: »Ich muss jetzt wirklich los. Vielleicht sieht man sich ja mal wieder.«

»Klar!«, rief Kim. »Das fände ich gut.«

Andreas kehrte ihnen den Rücken zu und marschierte los. Kim warf Marie und Franzi einen alarmierten Blick zu. »Er war's!«, sagte sie.
»Wie bitte?« Franzi schien gar nichts mehr zu verstehen.
»Er weiß, wie das Kaufhaus im Drehbuch heißt«, zischte Kim. Ihre Hände waren vor Aufregung ganz kalt. »Er *kennt das Drehbuch*!«
»Kim, du bist genial!«, ächzte Marie.
Franzi bekam rote Wangen. »Wir müssen ihn aufhalten!«
Die drei !!! stürzten hinter Andreas her. Kim erreichte ihn als Erste. Sie fasste ihn an der Schulter, über der der Taschenriemen hing, und sagte ruhig: »Warte bitte mal, ich habe noch was vergessen.«
Andreas drehte sich unwirsch um. »Was gibt es denn noch?« Er zog seine Tasche von Kim weg. Sie lächelte. »Man könnte fast meinen, dass du da einen Schatz drin hast, haha! Vielleicht ein paar dicke Bündel mit Geldscheinen aus einem Überfall?!«
Dem Verkäufer entgleisten kurz die Gesichtszüge. Dann fasste er sich wieder. »Du spinnst ja!«, rief er kopfschüttelnd. Sein Blick irrte ziellos im Raum umher, während er den Riemen seiner Tasche fest umklammert hielt.
»Gib es zu«, schrie ihn Marie an. »Du bist es gewesen!«
Andreas sah sie stumm an. Plötzlich machte er einen Schritt auf sie zu und schubste sie hart zur Seite. Marie prallte gegen Franzi und beide gingen zu Boden. Kim wollte sich an der Tasche festhalten, aber Andreas gab auch ihr einen Stoß und sie taumelte zurück.
Einige Leute, die in ihrer Nähe standen, wurden aufmerk-

sam. Ein Mann eilte zu ihnen rüber und erkundigte sich besorgt, ob ihnen etwas passiert wäre.
»Nein, alles in Ordnung«, sagte Franzi. »Danke!« Sie rappelte sich auf und half Marie hoch.
Die drei Detektivinnen spurteten los. Andreas versuchte sich durch die Menschenmenge auf der Tanzfläche zu drängen. Er kam schlecht voran.
»Den kriegen wir!«, rief Franzi. Sie schlug einen Haken und nahm den Weg bei den Büffets. Als Andreas die Tanzfläche verlassen hatte, war Franzi auch schon fast bei ihm. Sie beschleunigte, setzte zu einem Hechtsprung an – und rutschte mit dem Schuh, auf dessen Sohle das Kaugummipapier klebte, aus. Unkontrolliert schleuderte sie nach vorne. Sie streckte die Arme aus, bekam im Fallen die Umhängetasche des Verkäufers zu fassen und krallte sich daran fest. Franzi stürzte bäuchlings zu Boden. Die Vorderseite der Tasche hatte sie immer noch fest umklammert. Wie in Zeitlupe platzten nacheinander die Nähte, die Tasche riss auf. Kim hielt den Atem an: Aus dem klaffenden Stoff quoll eine Unmenge von Geldscheinen hervor und regnete auf die am Boden liegende Franzi herab. Andreas streifte die Reste seiner Tasche ab, warf einen panischen Blick in die Runde und stürzte davon.
»Ich wusste es!«, schrie Kim. »Haltet ihn auf!«
Augenblicklich brach ein Tumult unter den Gästen des Restaurants aus. Alle schienen wie magisch angezogen zur Tanzfläche zu strömen. Doch niemand achtete auf den flüchtenden Verkäufer, alle schienen sich nur für die unter Geldscheinen begrabene Franzi zu interessieren.
»Er entkommt!«, rief Marie atemlos.

Kim wurde zur Seite abgedrängt und kam zwischen den Bistrotischen zu stehen. Sie konnte gerade noch sehen, wie der Verkäufer durch den Restaurant-Ausgang schlüpfte, dann wurde ihr Blick durch die Menschenmenge verstellt. »Ruf die Polizei«, schrie sie Marie zu. »Ich versuche ihn einzuholen!« Sie bückte sich und begann auf allen vieren unter den Tischen durchzukrabbeln. Um sie herum tobte die Menge, aber sie kam erstaunlich schnell voran. Als sie sich nach dem letzten Tisch wieder aufrichtete, sah sie, dass bereits mehrere Männer und Frauen vom Wachpersonal angerückt waren. Sie sprachen nervös in ihre Funkgeräte. Kim eilte auf den Flur hinaus. Sie sah zu den Aufzügen. Die Türen des mittleren Fahrstuhls schlossen sich; sie konnte gerade noch einen Blick durch den verbliebenen Spalt ins Innere erhaschen: Dort stand Andreas, wischte sich den Schweiß von der Stirn und sah sie aus hasserfüllten Augen an. Dann waren die Türen endgültig geschlossen.
Kim spürte heiße Wut. Sie sah sich verzweifelt nach einem Wachmann um. Das Personal hatte bestimmt einen Schlüssel, mit dem die Aufzüge gestoppt werden konnten. Aber es würde viel zu lange dauern, bis sie erklärt hatte, was passiert war. Plötzlich entdeckte Kim ein kleines, rot umrahmtes Kästchen an der Wand neben sich. Der Feueralarm! Sie zog sich den Schuh vom Fuß und schlug mit ihm die Scheibe des Kästchens ein. Dann drückte sie den roten Knopf. Er fing an zu blinken und augenblicklich erschallte lautes Sirenengeheul.
Angespannt sah Kim zur Anzeige über dem Aufzug. Sie war gerade auf die 3 gesprungen. Kim schloss die Augen und

ballte die Fäuste. Sie hoffte inständig, dass es stimmte, was sie einmal gelesen hatte: Wenn Feueralarm ausgelöst wurde, blockierten alle Aufzüge in einem Gebäude automatisch und blieben einfach stehen.

Kim hielt die Luft an und öffnete die Augen wieder.

Power!!!

Geheimes Tagebuch von Kim Jülich
Samstag, 22:15 Uhr
Dieses Tagebuch ist streng geheim! Wenn ich jemanden beim Lesen erwische, stecke ich ihn erst in einen Aufzug und löse dann den Feueralarm aus. Dann kann er stundenlang warten, bis die Techniker kommen und ihn da wieder rausholen! Übrigens fällt in einem blockierten Aufzug auch die Klimaanlage aus. Das ist bei diesen Sommertemperaturen ziemlich unangenehm, glaube ich …
Ich bin sooooooooooooooooooooooooooooooooooooooooooooo glüüüüüüüüüüüücklich!!! Mit Michi ist alles wieder in Ordnung. Wir haben uns vorhin gleich nach dem Komparsendreh (der übrigens super geklappt hat!!!) getroffen und sind in die Pizzeria und danach Eis essen gegangen. Es war alles sehr lecker, aber am allerbesten haben Michis Küsse geschmeckt ♥☺☺♥!
Ich bin soooooooooooooooooooooooooooooooooooooooooooooo froh, dass ich ihn gleich gestern Abend angerufen und ein blödes Missverständnis aufgeklärt habe, obwohl ich eigentlich sauer auf ihn war und außerdem völlig fertig, weil wir mal wieder einen gefährlichen Täter verfolgt und gestellt haben. Michi hat tatsächlich geglaubt, dass ich eine Verabredung mit ihm abgesagt habe, weil ich lieber einen lustigen Abend mit Franzi und Marie verbringen wollte. Wie konnte er bloß so etwas von mir denken? Na ja, ich muss zugeben, dass die Situation in diesem Kaufhaus-Restaurant auch sehr missverständlich war. Und davor habe ich schon mal eine Verabredung abgesagt. Das war ein-

fach zu viel für Michi und er ist ausgeflippt. Er hat mir gesagt, dass er in der letzten Zeit einfach sehr angespannt war. Es ist für ihn nicht leicht, seit er sich für den Studienplatz beworben hat. Einerseits wünscht er es sich so sehr, dass er genommen wird, andererseits will er eigentlich nicht aus unserer Stadt weg, weil er dann so weit weg von mir wäre. Das macht ihm total zu schaffen, deshalb hat er wohl auch jetzt so überreagiert.
Michi hat mich vorhin ganz fest in die Arme genommen und wir haben uns geschworen, dass wir immer zusammenbleiben, egal was passiert. Auch wenn einmal hunderte von Kilometern zwischen uns sein sollten, werden wir sie immer überwinden!!! Aber noch ist es nicht so weit, und so lange werden wir uns so oft sehen wie möglich.
Gleich morgen sind wir zum Frühstücken im Lomo *verabredet, am Mittwoch machen wir eine Fahrradtour, am Freitag gehen wir in den Freizeitpark Sugarland in Billershausen. Und am Samstag sind wir bei der großen Sommerparty bei Marie eingeladen. Das wird super!*

Detektivtagebuch von Kim Jülich
Samstag, 23:02 Uhr
Gestern Abend haben wir den Kaufhaus-Räuber erwischt und der Polizei übergeben! Ich muss zugeben, dass es mir kein bisschen leidgetan hat, dass er drei Stunden in einer engen und stickigen Aufzugskabine verbringen musste, weil die Techniker Schwierigkeiten hatten, die Notfall-Blockade auszuschalten, die ich ausgelöst hatte!
Es ist wirklich kaum zu glauben, dass ein so harmlos aussehender und scheinbar netter Spielwarenverkäufer in Wirklichkeit

ein eiskalter Verbrecher ist! Diesem Typen haben wir vertraut und auch noch unsere Visitenkarte gegeben! Es ist wirklich unfassbar: Als die Polizei ihn aus dem Aufzug geholt und ihm Handschellen angelegt hat, ist er richtig ausgeflippt und hat Franzi, Marie und mich als kleine Schnüffler beschimpft, die man einfach nicht loswird!

»Gelegenheit macht Diebe«, hat dieser Kommissar Wengert gesagt, und da hat er wohl recht. Der Verkäufer, Andreas Mertens, hat aus Neugier in ein Drehbuch hineingelesen, das am Set im Kaufhaus lag. Dabei ist ihm aufgegangen, dass hier das nahezu perfekte Verbrechen geschildert wird. Da er als Angestellter des Kaufhauses außerdem genau wusste, zu welchen Zeiten die Tageseinnahmen der Kassen zum Tresor transportiert werden, konnte er leicht den Überfall planen und ausführen. Nur den letzten Teil des Drehbuchs hat er abgeändert, wahrscheinlich, weil er keinen Komplizen mit Motorrad auftreiben konnte. Er hat die Beute – rund fünfzigtausend Euro in kleinen und großen Scheinen – in einem alten Technikraum versteckt, um sie zu einem späteren Zeitpunkt dort abzuholen. Tja, und dann haben wir ihn erwischt! Ich bin so froh, dass sich jetzt alles geklärt hat und der wahre Täter ins Gefängnis kommt. Ein paar Ungereimtheiten gibt es noch, die ich mir bislang nicht erklären konnte, aber ich hoffe, dass uns Kommissar Peters nächste Woche, wenn er wieder aus dem Urlaub zurück ist, Auskunft gibt. Seine Urlaubsvertretung, dieser Cornelius Wengert, ist leider sehr zugeknöpft. Er hat sich zwar gestern bei uns bedankt und gesagt, dass er beeindruckt ist, aber er wollte nicht versprechen, dass er uns in diesem Fall weiter auf dem Laufenden hält. Das sei alleinige Sache der Polizei und der Staatsanwaltschaft. Ät-

zend! Kommissar Peters ist da viel kooperativer. Aber er kennt uns eben schon lange und vertraut uns (na ja, ich glaube, meistens jedenfalls ☺.
Hiermit schließe ich die Akte zu unserem vierundfünfzigsten (!!!) gelösten Fall.
Details folgen nach Bekanntwerden.

Eine Woche später saßen die drei Detektivinnen bei herrlichem Wetter im Garten der Familie Grevenbroich. Tessa und Helmut hatten für das spontan beschlossene Sommerfest keine Kosten und Mühen gescheut: Sie hatten bei Frau Winklers Backservice eine riesige Kuchenauswahl bestellt, und Maries Vater hatte einen ganzen Tag in der Küche gestanden und Unmengen seines berühmten leckeren Auberginenauflaufs zubereitet. Außerdem war eine fünfköpfige Band engagiert und die gesamte Villa und der Garten mit großen Gestecken von duftenden Rosen und bunten Girlanden geschmückt worden. Die rund vierzig Gäste fühlten sich sichtlich wohl, es wurde gelacht, geschwatzt und sogar schon getanzt, obwohl es erst früh am Abend war.
Kim schmiegte sich auf dem breiten Outdoor-Sofa näher an Michi heran. Er legte den Arm um sie und gab ihr einen Kuss auf die Wange. »Ich finde es toll von Maries Eltern, dass sie so ein großes Fest machen und so viele Leute eingeladen haben, um ihr Ehejubiläum zu feiern!« Er tippte an den Wimpel einer Girlande neben ihm, auf den mit Goldfarbe die Zahl Fünf aufgemalt war. »Ich meine, es ist ja nicht unbedingt üblich, dass man so groß feiert, wenn man *fünf Wochen* verheiratet ist.«

Kim grinste. »Das war ein Einfall von Tessa. Maries Vater wollte sie letzte Woche zum vierwöchigen Jubiläum mit Rosen und einem Candlelight-Dinner überraschen. Das ist ja leider wegen der ganzen Aufregung um dieses Verbrechen gründlich danebengegangen.« Kim nahm einen Schluck von ihrer Holunder-Schorle. »Und dann hat Tessa vorgeschlagen, dass sie eben die fünf Wochen feiern und dann ein richtig großes Fest zusammen mit der Filmcrew und uns draus machen, weil auch die Dreharbeiten beendet sind und weil wir den Kaufhaus-Räuber geschnappt haben.«
Michi lächelte Kim an. »Ich bin wirklich stolz auf dich! Du bist nicht nur eine erstklassige Detektivin, sondern bestimmt auch eine tolle Schauspielerin! Ich bin schon gespannt auf die Filmvorführung nachher!«
»Danke dir für das Kompliment.« Kim wurde rot. »Aber als Schauspielerin würde ich mich nicht bezeichnen. Das war doch nur eine kleine Rolle, ich bin genau drei Sekunden zu sehen.« Sie seufzte. »Die Detektivarbeit bei diesem Fall war allerdings ziemlich knifflig. Da bin ich wirklich stolz drauf, dass wir den Täter überführt haben.«
Michi sah auf seine Armbanduhr. »Oh, entschuldige mich bitte für ein paar Minuten. Ich hab versprochen, zusammen mit Holger und Chris die Leinwand für den Film nachher aufzubauen!« Er gab Kim einen Kuss und stand auf.
Kim nickte. »Bis nachher!«
»Da bist du!«, ertönte es plötzlich hinter Kim. Marie und Franzi grinsten sie an. »Du und Michi seid ja wieder ein Herz und eine Seele, wie man sehen kann«, stellte Marie fest. »Das freut mich wirklich sehr!«

»Und mich erst!«, sagte Kim und lächelte glücklich. Sie rutschte ein Stück zur Seite. Ihre Freundinnen ließen sich in die Kissen neben ihr fallen. Franzi nahm sich eine Olive aus der Schale auf dem Tisch. »Ich freu mich auch total für dich, Kim!« Sie knabberte ein Stück Olive ab. »Ich bin allerdings ehrlich gesagt echt froh, dass ich Single bin. Da bleibt mir solch ein Beziehungsstress erspart!« Sie knabberte die restliche Olive ab, legte den Kern in den Aschenbecher und grinste vergnügt. »Jetzt würde ich gerne wissen, welche Details zu unserem Fall dir Kommissar Peters noch verraten hat!«

Kim lehnte sich vor. »Klar, ich erzähle es euch!« Sie hatte den Kommissar gestern angerufen und er hatte netterweise alle ihre Fragen beantwortet.

»Also, es ist alles so abgelaufen, wie ich es vermutet hatte. Andreas hat den Überfall übrigens begangen, weil er unbedingt viel Geld brauchte, um sich seinen Traum zu erfüllen, Erfinder zu sein. Er wollte nicht weiter als Spielzeugverkäufer versauern!«

Franzi schüttelte den Kopf. »Der Typ ist ja echt mies. Wenn alle Leute Verbrechen begehen würden, um sich einen Traum zu erfüllen, gäbe es nur noch Mord und Totschlag.«

Kim nickte. »Wenn ich etwas schneller kombiniert hätte, dann wären wir ihm vielleicht viel früher auf die Spur gekommen!«

»Warum?«, wollte Marie wissen.

»Als ich ihm in der Spielzeugabteilung das erste Mal begegnet bin, war er gerade erst von dem Überfall zurückgekehrt. Er hatte Öl an den Händen und im Gesicht und hat behauptet, dass das von einem Spielzeughubschrauber stammt.« Kim

schlug sich vor die Stirn. »So viel Öl kann an einem kleinen Spielzeug überhaupt nicht dran sein.« Das stammte natürlich von den Aufzugsseilen, an denen sich Andreas festgehalten hat, als er auf dem Aufzugsdach war. Das hätte ich sofort merken und skeptisch werden müssen.« Kim biss sich auf die Lippe. »Außerdem hatte er ein großes Pflaster am Handgelenk. Damit hat er den langen Kratzer, den ihm die Kassiererin zugefügt hat, verdeckt. Daran hätte ich mich sofort erinnern müssen, als Maries Vater wegen der Wunde an seinem Handgelenk verdächtigt wurde. Das ärgert mich echt!«
Marie drückte Kims Hand. »Du warst einfach von den Drehaufnahmen abgelenkt. Ich finde es völlig normal, dass du diese Details in dem Moment nicht in den richtigen Zusammenhang bringen konntest. Dafür hast du später einfach genial kombiniert und dem Täter eine Falle gestellt!«
»Absolut!« Franzi nickte zustimmend.
Kim steckte sich eine Olive in den Mund. »Na ja«, nuschelte sie. »Aber um ein Haar wäre Andreas mit der Beute entkommen!«
»Wobei ich mich schon wundere, warum er das Geld in einem Technikraum in der Nähe des viel besuchten Restaurants versteckt hat«, sagte Marie. »Und dann hat er es auch noch ausgerechnet während der Party geholt und ist mit der Tasche voller Geld fröhlich durch die Gegend spaziert. Das war doch ziemlich riskant!«
Kim legte den Olivenkern in den Aschenbecher. »Das hatte er auch alles völlig anders geplant. Er hat Kommissar Peters erzählt, dass er den genialen Einfall hatte, die alte Rohrpostanlage zu nutzen, von der alle dachten, dass sie nicht mehr

funktioniert. Andreas hat sie aber schon vor langer Zeit entdeckt und wieder repariert. Als altem Tüftler ist ihm das nicht schwergefallen. Er hat dann manchmal in der Mittagspause damit herumgespielt.«

Marie verdrehte die Augen. »Etwas merkwürdig ist der Junge schon, oder?«

»Das kannst du laut sagen«, pflichtete ihr Kim bei. »Also, auf jeden Fall hat Andreas das Geld gleich nach dem Überfall in mehrere Rohrpost-Behälter verpackt und in der zentralen Schaltstelle im vierten Stock deponiert. Er wollte ein paar Tage später die Behälter von der Rohrpoststelle in der Spielzeugabteilung abrufen, dort heimlich einpacken und dann bei Dienstschluss seelenruhig damit aus dem Kaufhaus spazieren.«

Franzi schüttelte den Kopf. »Und warum hat er es dann nicht so gemacht, sondern ist in den Technikraum gegangen?«

»Die Rohrpost-Rollen haben sich leider verkantet und sind in der Zentrale stecken geblieben.« Kim zuckte mit den Schultern. »Andreas hat einfach Pech gehabt. Und dann ist er ungeduldig geworden und hat beschlossen, das Geld während der Party zu holen und damit abzuhauen.«

»Aber dann sind wir ihm auf den Fersen gewesen und er musste über das Dach flüchten!«, sagte Franzi zufrieden.

»Genau. Er konnte zwar ungesehen über das Flachdach auf die Terrasse gelangen – aber dort ist er zwei Kollegen begegnet. Er hat kurz mit ihnen gesprochen und wollte dann endlich weg, aber –«

»Dann kamen wir ihm dazwischen«, vollendete Marie den Satz.

Franzi nickte. »Das Ganze ist echt verrückt. Dass ein Mensch solche Sachen macht, ist doch kaum zu glauben!«
Kim pustete sich eine Ponyfranse aus der Stirn. »Es gibt noch ein Detail, das ich besonders verrückt und fies finde.«
»Sag schon!«, rief Marie. »Was ist es?«
»Andreas hat beim Überfall blaue Kontaktlinsen getragen. So intensiv blau, wie es die Augen von deinem Vater sind.«
Marie sah Kim verdattert an.
»Er wusste, dass seine Kollegin von dem berühmten Schauspieler *Helmut Grevenbroich mit den wahnsinnig schönen blauen Augen* schwärmt. Er wollte einfach mal ausprobieren, ob sie darauf hereinfällt.«
»Er hat den Verdacht absichtlich auf meinen Vater gelenkt!«, rief Marie. Sie schnappte nach Luft. »Ich fasse es nicht.«
»Es ist wirklich unglaublich«, stimmte ihr Kim zu. »Ich bin zwischendrin schon darauf gekommen, dass irgendwas mit der Augenfarbe von diesem Typ nicht stimmt.« Sie ballte die Fäuste. »Aber leider habe ich den falschen Schluss aus meinen Beobachtungen gezogen. Er hatte ein blaues und ein grünes Auge bei unserer ersten Begegnung. Später waren sie beide grün. Ich dachte, er würde Kontaktlinsen tragen, um die von Natur aus verschiedenen Farben auszugleichen. In Wirklichkeit aber bin ich ihm damals genau in dem Moment begegnet, als er nach dem Überfall eine blaue Linse rausgenommen und die andere noch im Auge hatte.«
Marie kaute energisch auf einer Olive herum. Sie spuckte den Kern in hohem Bogen in einen Hortensienbusch. »Bin ich froh, dass dieser Verbrecher aus dem Verkehr gezogen ist! Hoffentlich sehen wir den so schnell nicht wieder!«

»Das hoffe ich auch!«, sagte Kim. Sie trank den Rest ihrer Holunder-Schorle und rollte nachdenklich das Glas in der Hand. »Wisst ihr was? Ich traue es Andreas Mertens sogar zu, dass er mir damals hinterrücks den Elefanten an den Gürtel gehängt hat, damit uns der Hausdetektiv erwischt und er uns los ist. Wenn wir ein Hausverbot erteilt bekommen hätten, wären wir mit unseren Ermittlungen direkt am Ende gewesen und hätten den Verkäufer nie überführen können.«
»Das wäre allerdings der Hammer!«, rief Marie. »Wir müssen Kommissar Peters unbedingt bitten, da mal nachzuhaken.« Sie stand auf. »Jetzt bin ich dafür, dass wir uns einfach entspannen und den Abend genießen. Lasst uns zu den anderen gehen und ordentlich feiern!«
»Sehr gute Idee!«, rief Franzi.
Kim ließ sich von ihr und Marie vom Sofa hochziehen und die drei liefen Hand in Hand über die Wiese zur Villa rüber. Bunte Lampions schaukelten im lauen Sommerabendwind, die Stimmen der anderen Gäste drangen leise zu ihnen und plötzlich rief jemand: »Sie kommen!«
Verwundert beschleunigten die drei Detektivinnen ihren Schritt. Als sie beim Haus angekommen waren, brandete lauter Applaus auf.
Herr Grevenbroich rief: »Auf die drei besten Detektivinnen aller Zeiten!«
»Auf die drei !!!«, erschallte es daraufhin von allen Seiten und die Band spielte einen Tusch.
Kim, Franzi und Marie hielten sich fest an den Händen. Und dann begannen alle drei gleichzeitig zu lachen. Sie lachten laut und befreit und Kim spürte, wie ein kribbelndes Glücks-

gefühl ihren ganzen Köper erfasste. Übermütig rief sie: »Eins!«, Franzi reagierte sofort und sagte laut »Zwei!« und Marie schrie: »Drei!« Gemeinsam hoben sie die Arme, sahen in den wunderschönen Abendhimmel, den die untergehende Sonne rosa und golden färbte, und riefen: »Power!!!«